月下戰塵
驅魔少女
龍雲 著
LOIZA 繪

月下戰塵

第1章・月光下的對決

1

鍾馗。

東方民間傳說中相當著名的一位神尊，擅長驅鬼辟邪、斬妖除魔。

他的影響力不只在華人世界，甚至連許多亞洲國家，都深受他的影響。

在日本戰國時代，有位勇猛的武將齋藤朝信就被稱為「越後之鍾馗」，甚至在二戰期間，日本更將他們的二式單座戰鬥機取名為鍾馗，這些都是受到鍾馗影響，才使用的名號。鍾馗的影響力，由此可見一斑。

相傳鍾馗以口耳相傳的方式，傳下了一套口訣，口訣中包含了人世間所有的妖魔鬼怪，並將其歸類成一百零八種的靈體，讓後世的人有條可以驅鬼降魔之路可循，不用再受妖魔鬼怪的迫害與騷擾。

這些學會口訣的弟子，一代接著一代傳承下去，由於鍾馗祖師只有傳下口訣，並沒有創立門派，因此這些學會口訣的弟子，並沒有什麼正式的名稱，不過久而久之，江湖上的道士們給了他們一個理所當然的名字，就叫做鍾馗派。

鍾馗派的根本就是鍾馗祖師一路傳承下來的口訣，只是傳承了經過千年的時間，這些口訣多有缺損與遺漏，也因為這個緣故，導致鍾馗派的功力也一落千丈，不如以往。

會產生這樣的現象最主要的原因，就是因為鍾馗祖師傳承下來的口訣，其中蘊含著強大的力量，擔心這樣的力量被濫用，因此嚴禁以任何方式記錄下來。就好像「水可載舟、亦可覆舟」一樣，這樣的規矩導致口訣有所缺失，但是即便如此，鍾馗派的弟子們還是謹守著這樣的規矩。

雖然沒有明文規定，不過在鍾馗派一直傳著三條戒律——「行背義理、血染戲偶、筆錄口訣。」

任何弟子一旦違背了這三條戒律，不論任何藉口，都會被逐出師門。

對這些繼承了口訣的鍾馗派弟子來說，這三條戒律是必須終生遵守的規矩。

然而在這其中最受爭議的部分，就是其中的第二條——血染戲偶的部分。

在鍾馗祖師傳下口訣之後，學會口訣的弟子們很快就發現，口訣中有很多部分，自己沒有辦法像祖師爺那樣一施行便能嚇阻妖魔、收服鬼怪，因此一度陷入困境。後來其中一位弟子為了突破這樣的困境，結合了自己的家業，發展出以鍾馗戲偶來假扮祖師爺，藉以達成口訣中難以達成的部分。

兩者的結合一拍即合，非但為鍾馗派找到了一條活路，更為那些口訣帶來了無限的希望。

只是在這條活路的背後，卻也同時出現了一條邪道，另外一位弟子發現只要戲偶染上了血，就會在眼前出現另外一條完全不同的道路，那就是鬼王派的起源。

鍾馗戲偶的導入，讓鍾馗派找到了一條活路的同時，也開啟了鬼王派的大門。

從此之後，鬼王派就好像鍾馗派的影子般，如影隨形，一直揮之不去。

一直到了後來一對雙胞胎的誕生，才讓這對本體與影子徹底分離。

雙胞胎的弟弟，一手創立了鬼王派，正式從鍾馗派分離出來，成為獨立的門派。

在那之後，這兩個源自於同一個祖師、系出同門的門派，便開始了一場長達數百年的鬥爭，一直綿延至今日，不曾終止過。

原本在清朝的那場大戰後，由於鬼王派的敗亡，導致有許多人認為，這場長達數百年的戰鬥，終告結束。

但是實際上，那少數幾個逃離的鬼王派，一直苟延殘喘，直到了今天。

只是，命運的線終究還是將他們綁在一起，就在今天，鍾馗派的傳人與鬼王派的傳人再度相會，而在他們之間，將為這長達數百年的爭鬥，正式畫下一個句點。

一場以鍾馗祖師為名的光與影之戰、正與邪之鬥，就在C大學的後方，正式拉開了序幕。

而這場足以讓鍾馗祖師流傳的口訣付之一炬的戰役，就從一場原本應該溫馨無比的重逢場面開始。

2

皎潔明月在空中，映照著C大學後方的草原。

在這片草原之中，一對男女相擁著，而另外有三個人，看著兩人的相擁。

時光彷彿靜止了一般，靜靜地停留在這一刻。

原本，這應該是一場非常溫馨的久別重逢，而且是劫後餘生的那種重逢。

不過現場的氣氛，以及每個人的心中，卻都有各自的視角，看著這場浪漫的場面。

亞嵐，一個小說家的妹妹，曉潔的好友兼徒弟，應該可以算是這場風暴之中，比較遠離暴風中心的人，因此她看的角度，能比較旁觀、冷靜。

她是第一個察覺到現場的氣氛有點怪異的人，也是最了解在場所有人情緒的人。

她看到了一旁的鍾家續還有跟著男子一起前來的女子，兩人看著這一對師徒相擁的表情，似乎都有點尷尬……甚至可以直白一點的說——吃醋。

而在相擁的人中，曉潔可能是唯一一個在場的人之中，沒有其他心思的人。

看著曉潔，亞嵐的腦海裡浮現自己已經往生多年的母親。看到自己原本以為已經往生的師父，再度出現在自己的面前，那種喜悅亞嵐當然可以理解，尤其是亞嵐雙親早已經不在人世間的現在，如果自己的母親再度出現在自己的面前，那種喜悅不言而喻。

至於在眾人中央相擁的另外一個男子，也就是曉潔緊緊抱住的阿吉，原本也是一臉溫馨的模樣，但在最後一刻，卻用冰冷尖銳的眼光，射向鍾家續。

有別於玟珊與鍾家續，阿吉的眼光不含著吃醋的韻味，而是一種純粹的敵意，看到會讓人倒抽一口氣的那種兇狠目光。

亞嵐知道，這場溫馨的重逢，只不過是一場假象，真正的重頭戲，現在才正要開始而已。

玟珊，南部某村落廟公的女兒，現在則是阿吉的照顧人兼徒弟，雖然還沒有正式入門成為弟子，不過這半年跟著阿吉也確實學到了很多關於鍾馗派的技藝與事情，勉強算是鍾馗派的弟子，不過距離真正的鍾馗派還有一段差距。

正如亞嵐所看到的，在望著兩人相擁的時候，玟珊確實有吃醋與難過的感受。因為她感覺到了在這一對師徒之中，似乎比起一般的師徒還要多了那麼一點男女之情。這對玟珊來說，真的很難受。

另外，今晚兩人之所以會出現在這裡，絕對不是因為要讓這一對師徒重逢，而是為了追兇與復仇。

因此，此刻玟珊腦海裡浮現的是半年多前，自己牽著阿皓，好不容易從頑固廟回到自家廟宇的那天夜晚。

打開大門的那一瞬間，映入眼簾的血腥又殘忍的畫面。自己的父親，就這樣被人打倒在牆邊，胸腔、腹腔由內而外爆開，肚破腸流的景象。

經過了半年的追查，他們終於找到了可能的嫌犯，鬼王派的傳人。只是想不到的是，他竟然跟鍾馗派現存的弟子，感情很好地一起收鬼伏妖。

在這半年追兇期間，阿皓也跟她說了一些兩派之間的恩怨，所以在玟珊的認知中，這兩派勢如水火，一見面就是死對頭，現在看到的場面，卻完全不是這麼一回事，因此有點困惑。

會不會情況真的不像阿皓所說的一樣？玟珊心中不免有這樣的懷疑。

同時玟珊也有點擔心，阿皓會不會顧及師徒之情，以及現在這溫馨的場面，而忘記了兩人來這裡的目的。當然看到最後阿皓將目光射向鍾家續的時候，玟珊鬆了一口氣，因為她知道，阿皓並沒有忘。

至於另外一個站在一旁看著這一幕的鍾家續，則是鬼王派的現任傳人，雖然曾經一度對曉潔抱著敵對的態度，但是在曉潔的努力下，發現其實本家並不像是傳說中的那樣蠻橫無理。逐漸卸下心防的同時，也開始相信，雙方之間的恩恩怨怨終於可以放諸流水。也正因為這樣的感受，以及兩人同為初生之犢的革命情感催化下，被曉潔吸引的鍾家續，也開始萌生出對曉潔的好感。

因此看到了兩人相擁，鍾家續內心可想而知也會浮現出跟玟珊同樣的感受。不可否認的是，類似這樣的畫面與場景，鍾家續腦海裡曾幾何時也曾想過，但是那相擁的主角，每個都是自己，而不是這個頭染金髮不知道打哪冒出來的怪異男子。

雖然聽到了一旁的亞嵐解釋，心中有稍微釋懷那麼一點，不過那程度大概就像是在一杯苦茶中加一小顆糖的境界。

鍾家續看著兩人相擁，心中只想喊著：「給我放開那個女孩！」不過怎麼看，用力摟著的人，都是那個女孩啊！因此這句話也只能苦苦地往肚子裡面吞。

怎麼看都不像是師徒啊！這兩個人！等等……師徒？

這時鍾家續才意識到這個關鍵字，所謂的師徒，不就代表著……這金髮男也是鍾馗派的人嗎？

才剛這麼想，原本還沉溺在曉潔擁抱的男子，突然以非常銳利的目光瞪向自己。

這目光卻彷彿熟睡的記憶被喚醒般，再度讓鍾家續內心一凜。

這……才是他熟悉鍾馗派的臭道士。

而在這群人中心的曉潔，是鍾馗派的現任傳人，在鍾馗派最垂危的時代，接下了傳人重擔的女孩。身處於這暴風核心，卻一點也沒意識到除了自己以外所有人的心思與情緒。

這兩三年間的夜裡，已經不知道多少次，夢到當年那場決戰，想起曾經為自己犧牲的阿吉。然後哭著醒過來，最後又哭著睡了過去。心底深處，一直不願意相信他已經死了，但是卻又一次次不得不接受這樣的現實。

總算在經過了這些年，好不容易才開始慢慢接受，阿吉可能已經不在人世間的事實。畢竟不管怎麼說，如果阿吉還活著的話，不可能就消失在茫茫人海之中，不管怎樣都會像現在這樣，回到自己的身邊。

可是經過了這些年，阿吉都沒有出現，所以曉潔也漸漸接受了這樣的事實。

但是卻在今天，他出現了，曉潔人生中最重要也最心痛、失落的拼圖，終於回到了自己的身邊。

曉潔的喜悅是筆墨難以形容的，除了久別重逢、劫後餘生的那種感動之外，更重要的是美夢成真的喜悅。

如果現在問曉潔的話，她說不定真的會相信任何的神蹟，也會相信祈禱這回事。只要心想，真的可以事成。

所以現在的她，只想沉溺在這種情緒與感動之中，完全不想管其他的事情了。

然後最後是……

阿吉，鍾馗派的上一代傳人。身為現代傳奇一零八道長呂偉道長的弟子，本身擁有高超的操偶技巧，卻對道士這一行興趣缺缺。在呂偉道長死後，跑到女高去當教師，卻想不到最後繞了一圈，還是回到道士這條路上。一切只因為一個原因，就是他擁有呂偉道長一手創造出來的完整口訣。因此其他鍾馗派的道士才會對他下手，目的就是為了逼迫他將呂偉道長的口訣交出來。

在那場J女中的決戰之中，阿吉以一敵百，雖然使出了真祖召喚打敗了所有人，但是代價就是這百年基業，幾乎付之一炬，而阿吉自己也因為真祖召喚的關係，變成了需要月光才能短暫甦醒的狀態。傳承了千年的鍾馗派，在那場決鬥之後，只剩下一個擁有完整口訣的繼承人，正是用力摟著他的葉曉潔。

而他，則因為只能靠著月光才能維持片刻甦醒的狀態，被鄧家廟收留，原本還有準備就此度過餘生的意思。卻因為鄧廟公的死，再度被捲入了一場風暴中。

如果可能的話，他並不想要這樣跟曉潔重逢。但是人生總是不能如己所願，阿吉也只能接受這樣的命運安排。

不過，他並沒有忘記，自己會出現在這裡的目的。

鄧秉天的死還有小悅的死，不能就這樣算了。

想起了小悅，阿吉的胸口又再度熊熊燃燒起一股怒火。

殺了他們的人，就是鬼王派的人。

他抬起頭，惡狠狠地瞪向鍾家續。

因為今晚的他，正是為了他而來。

「就是你吧？鬼王派的小鬼。」阿吉冷冷地說。

阿吉的這句話，改變了現場的一切，也為這場溫馨的重逢，吹起了變調的節奏。

3

「就是你吧？鬼王派的小鬼。」

阿吉的這句話，讓現場的氣氛頓時降到了冰點。

嗯？

距離阿吉最近的曉潔，一開始還以為自己聽錯了，將頭從阿吉的胸口仰了起來。

此刻的阿吉雙眼直直瞪著鍾家續，讓曉潔臉上浮現出疑惑的表情。

這是什麼展開？

一時之間，曉潔還不知道到底阿吉為什麼會冒出這樣的一句話，所以還完全不知道，此時此刻早就已經不是溫馨的重逢戲碼，不，正確來說，打從一開始這就不是一場溫馨的重逢戲，而是上窮碧落下黃泉的追兇復仇戲。

只是好死不死因為她的存在，才會被重逢這檔事搶了一下風頭。

現在是時候辦正事了，因此阿吉才會將眼光投向鍾家續，並且說出這樣的話。

當然對鍾家續來說，雖然不知道為什麼阿吉會突然這樣把焦點轉向自己，不過從小就被教育「本家的道士就是這模樣」的鍾家續，很快就知道眼前的狀況。

不分青紅皂白與是非，這就是本家道士，只要看到鍾家續這一家的人，他們就是這反應。

因此即便很突兀，但是鍾家續卻不意外。

不過曉潔可就沒有那麼容易接受這突如其來的改變，從阿吉懷中仰起頭來的她，一臉疑惑至極地看著阿吉。

在曉潔的印象之中，阿吉是個明白事理、明辨是非的人，絕對不是鍾家續口中那些「見人就打的鍾馗派道士」。

但是這時阿吉的口中，卻突然說出這樣詭異的話，因此讓曉潔完全無法接受。

如果這句話是在其他時候說出口，或許曉潔會秉持著過去對阿吉的信心，相信阿吉所作所為，都一定有他的原因與道理。

雖然有時候阿吉的作為，確實有點脫離常規，難以想像，像是踩了人家阿嬤的頭，或者是跑到醫院探病卻假裝拉肚子等等的行為，雖然都很失禮與突兀，不過到頭來都有阿吉的原因。

因此基於過去的經驗，曉潔會認為阿吉不管做什麼，到頭來都一定有他的原因。

只是這一次，因為太過於錯愕，因此曉潔腦海裡一片空白，甚至不免懷疑眼前這兩三年不見的阿吉，會不會根本就不是阿吉本人了。

當然，阿吉有他的原因，這點倒是真的。

不過還有一件更重要的事情，就是阿吉能夠清醒的時間有限，因此他真的沒有時間，慢慢跟曉潔解釋，這一條復仇之路的心路歷程。

現在的他，只有一個目標，就是打倒鍾家續，將他繩之以法，甚至是就地正法，也在所不惜。因為血債必須要血償，就是這麼簡單。

阿吉輕輕推開曉潔，轉向了鍾家續。

「如果你們……」阿吉冷冷地說：「就這樣龜縮一輩子，那麼也不會走到今天這一步，偏偏你們一定要走到陽光下，做出那些事情，就不要怪我了。」

對阿吉來說，確實是如此，畢竟到了他這一代，什麼鍾馗派與鬼王派之間的恩恩怨怨，早就已經模糊不清，只剩下歷史紀錄。

如果鍾家續就一輩子安安靜靜生活，阿吉這邊也不可能出面，甚至就算阿吉還是么洞八廟的負責人，也不可能著手去調查鬼王派的下落。一切都是因為他們再度出現，並且殺害了小悅與鄧秉天。

只是阿吉作夢也沒有想到，這席話聽在鍾家續的耳中，卻是另外一層的意義。

打從清朝大戰之後，鬼王派一敗塗地，從此就只能過著不見天日的生活。好不容易到了他這一代，盼到了這個時刻，可以重見天日，想不到卻接連遇到了兩個鍾馗派僅存的傳人。

而這時阿吉口中所說的「走到陽光下，做出那些事情」，在鍾家續的耳中聽起來，就是說他被父親放行之後，這段時間為了驗證自己所學，到處找機會練習的這些事情。

這讓鍾家續也沉下了臉，心中那原本好不容易被曉潔瓦解的心牆，也迅速地重新建立起來。終究是本家那種高高在上的心態與嘴臉。

「你想怎麼樣？」鍾家續臉上浮現出傲然的表情，顯示出他對自己的作為，沒有半點愧疚之意。

當然，就好像阿吉的話聽在鍾家續耳中，有著完全不一樣的意義一樣，此刻鍾家續的一言一行，看在阿吉的眼中，也有著一番完全不一樣的意義。

看起來就好像身為犯罪集團的一份子，沒有半點悔意跟反省。

「我想要怎樣？」阿吉冷笑了一聲：「我要在這邊收了你，讓你沒機會再繼續做那些事情。」

聽到阿吉這麼說，當然鍾家續也不甘示弱。

「那就來啊。」鍾家續冷冷地說。

先別說一直以來鍾家續就想要跟所謂的本家一決高低，光是此刻在曉潔的面前，鍾家續這張臉就是丟不起。

因此面對來勢洶洶的阿吉，鍾家續完全沒有半點退縮的意思。

這對阿吉來說，也是求之不得的事情，因為他最怕的就是鍾家小鬼如果在這時候來個抵死不從或者拖延戰術的話，自己在有限的時間下，沒有辦法完成這次的目的。

因此一聽到鍾家續這麼回答，阿吉立刻就向前走了一步，揮了揮手。

原本站在一旁的玟珊見狀，立刻從隨身攜帶的袋子裡面，拿出了一尊鍾馗戲偶，並且跑到阿吉的身邊，將鍾馗戲偶交給他。

另外一邊的鍾家續，也轉身去拿起了自己的本命戲偶。

當然，阿吉手上的戲偶，並不是自己的本命刀疤鍾馗，即便曉潔為了今晚要對付地逆妖的關係，所以特別將刀疤鍾馗帶來，只是阿吉並不知道。

不過此刻的曉潔，當然也沒想到刀疤鍾馗的事，因為她還是無法理解與接受，為什麼會瞬間變成現在這個劍拔弩張的場面？為什麼兩個人竟然可以講沒幾句話就要動手？

「等等，」曉潔還是一臉莫名其妙的表情：「現在是什麼情況，為什麼你們講沒幾句話就要打起來？」

聽到曉潔的話，阿吉沉重地皺起了眉頭，對他來說，感覺就好像曉潔在包庇鍾家續一樣，不過當然，阿吉也有想到，或許曉潔真的完全不知道鍾家續他們一家人的勾當……不，應該說阿吉確信曉潔不知道那些事情，不然阿吉也不會這樣好聲好氣跟曉潔說話。

不過現在的阿吉，完全沒有時間可以好好跟曉潔解釋那麼多。

「相信我，」阿吉淡淡地對曉潔說：「我現在沒有辦法跟妳解釋，不過我一定得這麼做。」

當然，過去的阿吉就是這樣，總是做出一堆讓曉潔驚訝的事情，不過到頭來都有他的原因與道理。這倒是阿吉一貫的作風，而且是曉潔非常熟悉的那種。

只是這一次，曉潔卻仍然顯得非常不安，或許是這陣子跟鍾家續在一起久了，多少也受到鍾家續的影響，才會認為真的鍾馗派的道士就是這麼衝動。

「可是……」曉潔仍然一臉不解：「一定得要這樣嗎？難道就不能先好好談一談嗎？」

「……不行。」阿吉直截了當地說，然後望向玟珊。

玟珊當然知道阿吉的意思，上前擋在曉潔跟阿吉之間，不讓曉潔過去影響阿吉。

「沒用的啦，」一旁的鍾家續看到了，落井下石地補充：「妳不了解本家的嘴臉，這就是本家一貫的態度，只是曉潔妳要記得，這場紛爭並不是由我引起的，而是妳師父挑起的。」

「隨便你怎麼說，」面對鍾家續的言語，阿吉冷冷地說：「今天我說什麼都不會放過你。」

阿吉說完，朝鍾家續走過去，鍾家續也往阿吉走去，兩人看起來就像是準備決戰的西部牛仔一樣，跟其他三人拉開了一點距離。

如果阿吉不是現在這個狀況，或許他可以停下來，把鬼王派的惡形惡狀一一告訴曉潔，也可以當場跟鍾家續對質，但是糟糕的地方在於，他沒有這種悠閒的時間。

雖說在這半年中，玟珊與阿吉兩人已經對阿吉必須在月光下才能清醒的狀況，有了更進一步的了解，也大幅度地提升了阿吉可以在月光下清醒的時間，不過依然有時間的限制，因此對阿吉來說，還是需要速戰速決。

因此鍾家續的態度，雖然讓阿吉很不滿，但也算是非常慶幸。

當然事已至此，曉潔似乎也不方便再多說什麼，只是她還是很難相信，為什麼事情會演變成這樣。

只是如果曉潔知道阿吉認真的程度，恐怕不會就這樣退下，一定會立刻上前阻止。

偏偏直到現在，曉潔還是不敢相信，阿吉會是這樣不分青紅皂白就對一個陌生人下毒手的人。

或許就是盡一點歷史責任吧？身為一個鍾馗派的傳人，必須對鬼王派的傳人有些反應。

這一定只是類似友誼賽那種比試，就算是對決，也頂多就是像那場自己跟鍾家續在么洞八廟前的決鬥吧？點到為止，沒有任何一方想傷害任何一方吧？

只是這樣的想法，就連曉潔自己都不是很有把握。

站定位之後，鍾家續看了一眼曉潔這邊，發現曉潔正好也一臉擔憂地看著自己，內心燃起了一股熊熊的熱血。

「放心吧，」鍾家續一臉自信地對曉潔說：「我不會輸的，我說過了，我是操偶的天才。」

阿吉聽到之後，挑起了眉，冷冷地笑著說：「你是搞笑的天才吧。」

雖然阿吉不以為然，不過鍾家續說得沒錯，在這場月下決鬥之中，確實有一位操偶天才，只是鍾家續可能作夢也沒有想到，真正的天才所指的會是對方吧？

關於這點，鍾家續很快就有機會可以好好體會。

鍾家續轉過頭來，凝視著阿吉。

其實，在鍾家續的內心，還是想要一戰。

打倒這種自以為厲害的鍾馗派道士，正是鍾家續這些年來的夢想。

打從出生就遠離了那些戰役的他，永遠都沒有辦法接受，因為一群人的存在，就壓迫著自己的人生，永遠沒有昂首走在陽光底下的自由。

因此，聽到了阿吉的話，更讓鍾家續了解到，不管他是什麼來頭，自己都絕對要打倒他。

「我就告訴你，」鍾家續恨恨地說：「站在陽光下，本來就是任何人都應該享有的自由。」

鍾家續說完之後，雙手一抬，將手中的鍾馗戲偶撐了起來。

曉潔看著雙方，她不明白為什麼事情會變成這樣，但是事情已經到了曉潔也無法制止的地步了。

一場光與影的對決，於焉展開。

4

用戲偶跳鍾馗來彼此鬥法，就好像拔河一樣。

二十年前台北市政府舉辦過一場拔河比賽。在那場拔河比賽之中，發生了一起悲劇，由於參加的人數過多，拔河繩不堪受力，最後應聲而斷，造成了多人受傷，其中有人甚至整隻手都被扯斷。

對很多人來說，恐怕很難想像拔河比賽，竟然會發生這樣嚴重的意外。

跳鍾馗之間的鬥法，大概也是如此，就好像拔河比賽一樣，雙方的技藝與功力互相拉扯，外人很難看出端倪，更難看出其中的力道較勁。

因為在這之中所產生的力量，不是外人一眼就可以看得出來的，因為力量無形，無法單純從肉眼就看出彼此的優劣。

一旦雙方產生的力量太大，或者是差距太過於懸殊，偶毀人亡多有所聞。

當年的J女中大戰之中，如果不是一百多個道士聯合起來對付阿吉，說不定在場光是聽聞過阿吉操偶傳說的人，都沒人敢跟阿吉單獨對壘。

當年所有在場的人，恐怕也只有墮入魔道之後的阿畢，在功力上有絕對的優勢，可以跟阿吉對壘。

那是因為阿吉的功力不夠強大，面對魔化之後功力大增的阿畢，本身就已經有非常大的差距，因此在雙方各有一個絕對優勢的情況之下，阿畢才有機會跟阿吉以戲偶的方式對台。甚至在對壘之後，阿畢還需要靠著自己收服的那些鬼魂不斷攻擊阿吉，才能夠贏得最後的勝利。

不過此一時彼一時，現在的阿吉由於曾經成為鍾馗祖師的假金身，因此功力獲得了大幅的提升，絕對不可同日而語。

相較之下，鍾家續先不論操偶絕對不可能是阿吉的對手，光是功力還不比過去不是假金身時代的阿吉強，這種情況之下，鍾家續的實力遠遠不如阿吉。不過更糟糕的是，因為某些原因，此刻的鍾家續還輕敵，更是讓他立於險境而不自覺。

不過這絕對不是鍾家續的問題，而是被曉潔誤導之後的結果。

畢竟虎父無犬子，曉潔又跟鍾家續完全不一樣，是本家出身的弟子，根本不需要躲躲藏藏，因此光是看她的經驗與操偶，就已經讓鍾家續感覺阿吉這個師父，非常兩光。

「不好意思，」鍾家續一臉不以為然地說：「光看你的徒弟，我大概也可以猜得到她師父有幾兩功夫了，今天我是給曉潔面子，所以等等如果大贏你，我還是會讓著你一點，不會傷你性命。」

「那就試試看吧。」阿吉面無表情冷冷地說。

鍾家續求之不得，因為可以讓心上人，看看自己最帥氣的一面，本來就是他的想法。

遺憾的是自己功力不足，所以對付地逆妖的時候，不但沒能展現出自己高強的操偶功力，最後還被地逆妖抓進滅陣中，讓曉潔反而得要跑進來拯救自己。

光是這點就讓鍾家續悶到了極點，雖然就結果來說，最後兩人還是打敗了地逆妖，不過就過程來說，確實有點遺憾。

想不到現在天上掉下來這個讓自己雪恥的機會，鍾家續說什麼都要把握住。

畢竟地逆妖自己會輸，但如果是曉潔的師父的話他絕對不會輸。

光是看曉潔的功力就可以猜得到，她的師父再強也強不到哪裡去。

一場操偶大戰，就這樣展開了。

鍾家續與阿吉兩人不約而同，將手一揚，讓手下的鍾馗戲偶站起，接著兩人彷彿排練好的一樣，單腳站立，另外一隻腳就好像在地上寫符一樣，在地上比了幾下之後，用力向前一踏。

如此一來，就算是開壇鬥法跳鍾馗了。

畢竟雙方算是同一個起源的門派，因此這種簡易開壇跳鍾馗的樣子，也是一模一樣宛如照鏡子一般。

當然在這之後，就等於是真正的開壇了，因此雙方的跳鍾馗之戰，也正式展開。

「別說我以大欺小，」阿吉淡淡地笑著說：「我讓你三分鐘。」

「什麼？」

聽到阿吉這麼說，鍾家續瞪大雙眼。

這是多麼瞧不起人的事情啊？三分鐘？

在場的人中，哪怕是早已經對操偶這檔事很熟悉的曉潔，也不清楚這禮讓三分鐘，是件多麼誇張的事情。

畢竟操偶這檔事，取得先機就已經贏一半了，如果是實力相當的兩人，往往關鍵就在於誰先把鍾馗跳起來，誰就可以穩操勝券。

戲會越跳越熱，功力也會越跳越強，讓人三分鐘，根本就是等同於在拳擊擂台上讓對手痛毆三分鐘一樣。

這真的是太過於自大，並且無知的舉動了。即便對血氣方剛的鍾家續來說，這樣的挑釁真的太過於無謀。

但是，這倒是完全符合了鍾家續心中的本家道士會做的事情。

無知、蠻橫、高傲、欺人太甚。

這就是為什麼當初遇到曉潔的時候，鍾家續會對她懷有敵意的原因。

就是因為這種本家的道士，讓鍾家續實在很難有任何好感。

不過在經過了這段時間後，鍾家續才終於感覺到或許曉潔是個例外，只是面對曉潔的師父，終究還是本家的臭道士，既然如此，鍾家續也不需要再給曉潔任何面子。

因為阿吉此刻所代表的，正是這些日子以來，鍾家續心中深藏的一個願望，打倒像這樣的本家道士。

「我會讓你知道，」鍾家續咬牙切齒地說：「瞧不起人的下場！」

阿吉聽了挑眉說：「三分鐘，計時開始。」

鍾家續真的火了，他真的沒見過有比眼前這金髮男子還要囂張的人。

來！鍾家續在心中吆喝了一聲。

這時壇已開，因此鍾家續只需要手一振、腳一抬，戲便可開。

但是，當鍾家續正準備開戲，想要將手揚起來，腳抬起來之際，大腦卻在這一瞬間，好像斷了線。

靠！怎麼回事？

手也好、腳也好，竟然完全動不了。

感覺就好像在武俠小說裡被人點了穴，完全定住了一樣。

在鬥鍾馗的時候，由於雙方功力的關係，會對彼此操偶造成強大的影響力，這點鍾家續很清楚，但像這樣完全動彈不得，幾乎連聽都沒有聽過。

因此，鍾家續一時之間還很難接受，自己目前的狀況是因為阿吉的緣故。

鍾家續內心著急，不過不管如何使力，那雙手與那雙腳就是沒辦法揚起與抬起。

時間一分一秒流逝，鍾家續知道這樣不行，想要退一步重整態勢，畢竟在阿吉只有擺好架式，完全沒有進攻的情況之下，這或許是他唯一的辦法。

至少不用擔心向後退會被偷襲，這還真的是這三分鐘之下鍾家續的優勢。

詭異的是，當鍾家續的內心想要退下重整，手一向下腳一挪，竟然完全沒有問題，手腳都很受控制。

稍微喘一口氣，確認一下手腳的狀態之後，鍾家續一鼓作氣，準備再上，但是當大腦下達揚手舉腳的指令之後，手腳又完全定住，根本連抬都抬不起來。

這下鍾家續終於了解到，自己這個狀況，真的不是因為身體出了什麼問題，而是兩人之間功力的差距啊！

意識到這點的鍾家續，臉色瞬間變得慘白。

即便剛剛對付地逆妖，那阻力還不會大到自己動彈不得。怎麼反而對決眼前這個男子，自己竟然連動都動不了。

這只代表著一個意義，那就是眼前這個男子的功力，比地逆妖還要強大很多。

對鍾家續來說，這是多麼驚人的領悟啊。

意識到這恐怖又驚人事實的鍾家續，將唯一還能控制的眼光，轉向了眼前的阿吉身上。

阿吉確實像自己所說的，完全靜止不動，讓鍾家續三分鐘，這更讓鍾家續感覺到驚恐。

光是擺個架式，功力就已經讓自己完全動彈不得的實力，遠遠超過鍾家續所能想像的範圍。

將眼光移到阿吉手下的鍾馗戲偶身上，更讓鍾家續內心一凜。

光是看那鍾馗戲偶，就可以知道那戲偶不可能是眼前這男子的本命戲偶。

連本命也不是，竟然會有這樣恐怖的威力。

這更讓鍾家續感覺到難堪，那鍾馗戲偶做工簡陋，看起來就好像工匠練習用的戲偶，想不到竟然輸給這樣的戲偶。

這真的太詭異了……

看著那個戲偶，鍾家續都快要哭了。

本來還想說，先前因為地逆妖這個恐怖的對手，沒能讓曉潔看到自己厲害的一面，想不到現在卻……

比起來，這個曉潔的師父，怎麼比地逆妖還要恐怖！

當然，這就是鍾家續完全不能理解的阿吉。

一可敵百，真的是一騎當千的水準，這就是阿吉在操偶方面的實力。

用張飛來形容阿吉在操偶方面的實力，真的是非常貼切。

——古有燕人張飛長坂橋，今有刀疤鍾馗J女高。

同樣都是一夫當關、萬夫莫敵，同樣都是一人技壓群雄，展現出一騎當千的威力。

當年在J女中的決戰之中，光是阿吉一個人就可以打倒在場所有一百多個道士聯手，那威力本來就已經超乎常人所能理解的範圍，更何況這初出茅廬的小夥子。

光就操偶鬥法來說，現在阿吉的實力絕對比當年的劉易經還要強。當年的劉易經，也確實感覺到了阿吉的實力，那小小的身軀操起鍾馗戲偶，竟然有如此強大的力量，才會對阿吉說，可惜了，如果多十年的話，阿吉光靠著操偶，說不定還真有希望跟劉易經打成平手。

而現在，十年過去了，阿吉的操偶技巧遠遠超過了劉易經的預料，而且在三年前，他還成為了鍾馗祖師的假金身功力倍增。

因此就算現在劉易經還在人世間，說不定都不是阿吉的對手。

月光下操著鍾馗戲偶的阿吉，從某種角度來說，真的是無敵於天下了。

就算給鍾家續百年，可能也真沒機會了。

就這樣，在阿吉強大的功力壓制下，鍾家續甚至連腳都抬不起來。

……見鬼了。

只見鍾家續一臉慘白，因為這場可是生死對決，不是在家裡那樣點到為止的比試。

三分鐘的時間，他連一根寒毛都沒有辦法動到對方。

時間就這樣一分一秒流逝，但是鍾家續卻完全無法動彈。

「……三分鐘到了。」阿吉淡淡地宣布。

鍾家續彷彿聽到了喪鐘。

「怎麼啦？」阿吉面無表情地說：「一步都踩不出去嗎？」

鍾家續沒有回答，但是那慘白的臉色與驚恐的表情代替了他的回答。

「光憑你這技術，」阿吉接著說：「我還不到十歲的時候就已經遠遠超過你了。」

是的，光是那上百個鍾馗派的正統道士聯手還輸給阿吉，更何況是鍾家續一個人？

關於鍾家續認為自己是天才的自信，在此時此刻徹底被人打碎。

現實就是如此殘酷。

「換我了。」

聽到阿吉這麼說的同時，鍾家續知道這裡將是自己喪命之所。

畢竟對方讓自己三分鐘，但是自己連戲都開不了，現在換對方了，鍾家續很清楚，此刻自己就好像一個三歲小娃，真的上擂台跟個重量級的世界拳王對打。

一拳，真的只要一拳，就可以把這個三歲小娃打死。

阿吉仰起頭來，雙眼銳利如刀，凝視著鍾家續，接著……向前準備踏出跳鍾馗的第一步。

這一步，阿吉有十足的把握，可以讓鍾家續付出慘痛的代價。

輕則雙手俱斷，永遠都別想操偶，重則一命嗚呼，永遠都別想張眼。

實際上，此刻的雙方真的有著天與地的差別，這場懸殊的對決，即將在阿吉踏出這一腳之後，畫下句點。

「喝！」阿吉喉頭發出一陣斥喝。

與此同時，阿吉向前一傾，踏出這對鍾家續來說，有如排山倒海般氣勢的一腳。

就這一下，阿吉絕對可以取了鍾家續的性命。

腳一踏下，力道立刻傳向鍾家續那邊，鍾家續只感覺到一陣強大的力量，正中自己的肩膀，然後整個人向後彈，在空中轉了幾圈之後，重重地摔在地上。

阿吉的這一下踩下去，力道絕對是用足了，但是卻歪掉了。

因為，就在阿吉準備給鍾家續致命一擊的時候，一個從旁而來的力道，將阿吉的力量撞歪了。

詭異的是那股力道，阿吉非常熟悉，只不過類似這樣對著自己而來，卻是人生第一次。

阿吉沉下臉，一對目光銳利如刀地射向了一旁。

月光下映照著那股從旁而來將自己力道打歪的本尊，還是像過去一樣英明神武，英姿煥發。

在這世界上，恐怕只有這麼一尊戲偶，擁有如此超然的靈力。

那就是阿吉自己的本命——刀疤鍾馗。

5

當然，鍾家續不知道阿吉有多強，曉潔可是一清二楚。

雖然就連曉潔都無法了解，為什麼阿吉的力量會如此強大，不過她可能是這世界上少數，親眼目睹阿吉在J女中與眾多高手鬥鍾馗的目擊者。

只是就算是阿畢，也不可能對付得了現在的阿吉。

月光下用戲偶跳鍾馗的阿吉，真的跟神一樣。

因此當這場對決成為不可改變的事實時，曉潔非常清楚會有什麼樣的結果。

當然，原本還希望兩人之間的爭鬥，只是一場君子之爭，點到為止。

不過隨著兩人之間的對話與模樣，讓曉潔知道，這絕對不是一場認真打的友誼賽，而是刀刀見骨的割喉戰。

尤其是當阿吉讓鍾家續三分鐘，但是鍾家續卻完全沒有動作的時候，曉潔就知道，如果不出手相救，阻止這場對決，或許會有個非常血腥又殘忍的結局。

曉潔完全不想看到這樣的結局，因此決定做些什麼。

原本擋在阿吉跟曉潔之間的玟珊，因為眼看曉潔這邊沒有上前阻止的意思，因此也專注看著阿吉與鍾家續之間的對決。

在這追兇的半年中，玟珊持續跟著阿吉學習關於鍾馗派的東西，當然其中也包含了戲偶跳鍾馗的這門技藝。

只是，玟珊不曾見過阿吉實戰，更不知道阿吉到底有多厲害。

所以這可是玟珊第一次目睹阿吉的實戰，當然全神貫注在兩人的一舉一動，完全沒有注意到身後曉潔的動靜。

曉潔就不一樣了，早早就知道結局的她，腦袋裡想的只有該如何阻止兩人的對決。

這時，曉潔當然想到了自己其實也有帶一尊戲偶來，而且還是靈力聽說非常強大的鍾馗戲偶，如果用那個戲偶的話，那麼自己說不定真的可以改變一點什麼。

想到這裡，曉潔立刻轉過頭去看了一下放有刀疤鍾馗的箱子，還在一旁的樹下靜靜地躺著。

打定主意後，曉潔觀察了玟珊一下，確定她注意力都放在阿吉與鍾家續身上之後，緩緩地向後退。

由於眾人目前位處於草地上，因此曉潔還必須放輕腳步，不要發出聲音，以免玟珊察覺。

而曉潔的一舉一動，雖然玟珊完全沒有注意到，不過亞嵐可是完全看在眼裡。

就位置來說，因為亞嵐一直都站在比較外圍，所以此刻也距離那個刀疤鍾馗近上許多。

兩人這一年來堅定的友情與良好的默契，已經不知道幫助兩人度過了多少的難關，這一次當然也不例外。

曉潔才剛開始動作，亞嵐就注意到了，曉潔使個眼色，亞嵐就知道曉潔的用意。

三分鐘的對決開始，曉潔這邊也在戰鬥，只是她的戰鬥比起另外一邊來說，要輕鬆多了，只要小心不要發出半點聲響，拿到刀疤鍾馗就可以了。

而在亞嵐的幫忙之下，原本很可能會來不及的工作，瞬間變得輕鬆很多。

亞嵐打開箱子，從箱子裡面拿出戲偶，然後跟曉潔一樣，小心踩著草地，不發出半點聲響地朝曉潔走過去。

終於在阿吉開口宣布時間到的同時，將刀疤鍾馗交到了曉潔的手中。

眼看阿吉要動手了，當然曉潔也不想那麼多，立刻跟兩人一樣，用腳在地上一畫，開壇加入戰鬥的行列。

這一動作，發出了一些聲音，當然也立刻吸引到了玟珊的注意。

玟珊看到曉潔拿著戲偶，當然也知道她想要幹嘛，立刻上前想要制止，不過這一次，換成了是亞嵐擋在了玟珊的前面。

三分鐘已經到了，阿吉即將出手！

曉潔腳一掃，壇一開，靠著刀疤鍾馗的靈力，加上阿吉所有注意力都放在鍾家續這邊的關係，導致曉潔並沒有受到跟鍾家續一樣的阻力，手一揚、腳一抬就順利朝前踏出了第一步。

另外一邊的阿吉，也踏出氣勢萬鈞的一步，兩人幾乎同時踏出這一步。

從旁而來的曉潔，雖然完全沒能阻止阿吉的這一步，但也算稍微撞歪了一點阿吉的力道，導致鍾家續這一下並沒有由正面打上，而是掃過了肩膀。

不過那威力還是讓鍾家續整個人飛起來，甚至打轉了一兩圈，才重重摔回地面。

看到鍾家續這樣子，曉潔徹底了解，剛剛阿吉這一下確實有著莫大的殺意。

——阿吉……是真的要殺了鍾家續。

是的，如果不是曉潔這一下，鍾家續恐怕已經成為草地上躺著的一具屍體了。

這下子，曉潔終於搞清楚眼前的狀況了。

這絕對不是什麼對前一代稍微交代一下的友誼戰，而是真正的殊死割喉戰。

6

如果用二分法，將人給分類成好人與壞人，那麼對曉潔來說，鍾家續絕對是站在好人這一邊。

雖然說這一年來，兩人之間常常有些衝突，不過到頭來，兩人還是聯手一起度過了許多難關，包含今晚的地逆妖之戰，如果沒有鍾家續的幫助，說不定自己早就已經死了。

因此，感覺到了阿吉的殺意，曉潔不可能坐視不管。

畢竟人死不能復生，當然不可以先殺了再說，有什麼話，就應該先說清楚。

所以即便沒有把握可以救得了鍾家續，曉潔還是出手了，時機也算得恰到好處，真的救了鍾家續一命。

不過這也意味著，曉潔對自己過去的導師兼師父動手了。因此即便曉潔認為這是對的事情，還是感覺到有點心虛。

當然，阿吉並不這麼認為。

「妳瘋啦！」阿吉怒斥。

「這句話是我要說的吧！」曉潔也氣憤地回罵：「阿吉！你瘋啦？你是殺人殺上癮了嗎！」

聽到曉潔這麼說，阿吉的臉沉了下來。

「妳說什麼？」阿吉用宛如猛獸怒鳴的低音問道。

看到這樣的阿吉，曉潔確實有點嚇到了，因為過去的阿吉，從來不曾露出這樣的表情與聲音。

不過……義無反顧，既然出手了，曉潔也不打算收手就這樣算了。

「阿吉你真的好奇怪！」曉潔大聲地叫著：「你認識鍾家續嗎？為什麼一見面就要殺了他？就只因為他是鬼王派的人？這也太奇怪了吧！我不相信你是這樣的人！你到底怎麼回事

啊？」

面對曉潔的不解，當然阿吉如果可以解釋，早就已經解釋了。先前不行，現在當然更沒有時間了。

不過比起解釋這件事情，更讓阿吉不能接受的事情是，曉潔竟然真的出手了，而且還是拿自己的本命刀疤鍾馗。

然而，眼前對阿吉來說，最重要的還是取鍾家續的性命。他今晚，不打算讓鍾家續安然離開這裡。

「讓開，」阿吉冷冷地說：「剛剛的事，我可以當沒發生過，只要妳現在讓開。」

親眼看到了阿吉的魄力，以及內心對阿吉所存在的情感，讓曉潔乍聽到這句話，確實有點動搖，因此回頭看了一下鍾家續。

鍾家續一臉痛苦，勉強撐著身子，雖然阿吉的致命一擊，被曉潔破壞了，但那一下無疑還是給鍾家續帶來重創。

這讓曉潔覺悟到，只要自己一讓，鍾家續必死無疑。

將頭撇回的同時，曉潔也有了答案。

「不要！」曉潔回答：「如果你今天不說清楚，我不會讓開的。」

「妳……」阿吉沉下了臉：「有覺悟了嗎？」

當然，如果可以，阿吉希望曉潔可以退下，等到自己解決完鍾家續之後，找個時間，他會給曉潔一個交代。

但是，現在很顯然的，曉潔並不打算相信自己，既然這樣的話，阿吉也知道自己如果不動手，可能真的沒有辦法解決眼前這個問題。

因此，阿吉才會問曉潔有沒有覺悟了，因為阿吉已經有了即便要摺倒曉潔也在所不惜的覺悟。

「……是你教我的，」曉潔紅著眼眶瞪著阿吉：「義、無、反、顧。」

說著這四個字，淚水也再度流了出來，拿著刀疤鍾馗戲偶的手也微微地顫抖著。

「是你教過我的，」曉潔哭著說：「堅持做自己認為對的事情，就是義無反顧。」

「所以，」阿吉瞪著曉潔：「妳認為現在用刀疤鍾馗對著我，就是對的事情嗎？」

曉潔沒有回答，但是操著刀疤鍾馗戲偶的手，卻沒有放下的意思。

「那……」阿吉面無表情地說：「就來吧。」

阿吉說完，將手一揚，腳一擺，將戲偶再度立了起來，這也是阿吉的回答。

看到阿吉的模樣，曉潔渾身不自覺地發抖，因為她跟鍾家續不一樣，她非常清楚自己絕對不可能是阿吉的對手。

所以充其量，這也只能算是一種死諫吧，因此即便已經開了壇，但是曉潔卻沒有半點動作。

「動手啊！」阿吉不悅地說：「義無反顧不是口號，如果不敢動手，就別站出來！」

聽到阿吉這麼說，曉潔也有點不悅了。

這原本應該是溫馨浪漫的重逢，阿吉卻像是嗑了藥一樣，硬是要把場面變成這樣，也真的讓曉潔有點火了。

為了表達自己的不滿，也為了表達自己的決心，曉潔抬起手，向前踏了第一步，為這場師徒之間的對決，拉開了序幕。

有別於跟鍾家續的對決，這場師徒間的爭鬥，阿吉當然不會來真的。

正因為沒有打算傷害曉潔的意思，所以阿吉並沒有真正跳起鍾馗，只是擺擺樣子，因此曉潔才能夠順利地踏出第一步，沒有像鍾家續一樣，被阿吉壓制到連第一步都沒有辦法踏出。

阿吉雙眼緊緊盯著曉潔手下的刀疤鍾馗，這輩子他恐怕作夢也沒有想過，自己會跟自己的本命對決吧？

這個宛如干將莫邪一樣，犧牲了一個國寶級的製偶師，灌注魂魄所製作出來的鍾馗戲偶，靈力過人，過去光是操作刀疤鍾馗，就已經給阿吉這樣的感覺，一人一偶的結合，更是戰勝過無數強大的對手。

不過像這樣感受刀疤鍾馗的力量，阿吉還是第一次，畢竟那可是自己的本命戲偶啊！被人拿自己的本命來對付自己，這該說是新鮮的體驗，還是一個難以抹滅的恥辱呢？

這點阿吉還沒辦法下定論，不過阿吉確實在曉潔踏出第一步的時候，感受到那從刀疤鍾馗所發散出來的強大力量。

阿吉感覺到雙手一沉，就好像有只沉重的沙袋，掛在自己手腕上一樣。

不愧是自己的本命……

阿吉內心讚嘆，不過仍然沉著臉凝視著曉潔。

打從兩人認識開始，阿吉就是曉潔的老師，不管是課業上還是道士之路上。

因此即便到了這種看起來像是對決的時刻，阿吉還是像當年在么洞八廟時，教導著曉潔操偶技巧的情況一樣，緊盯著任何可能出錯的小細節。

「重心還是轉換得太慢！」阿吉叫道：「注意妳的腳步！」

被阿吉這麼一叫，曉潔也緊張了起來，一場對決竟然像考試一樣。

雖然不管是就這場單純的對決來說，還是想要讓阿吉看看自己這兩年成長的結果，曉潔都希望自己可以交出一張很好的成績單。

但是操偶最重要的就是專注，而今晚，恐怕是曉潔人生中情緒最為激動的一個晚上。

前一刻，才有如美夢成真般的喜悅，轉變成驚訝萬分的疑惑，一直到此刻的哀傷與恐懼，都讓曉潔的反應遲鈍，更別提需要高度集中的專注感了。

因此即便想要好好跳好鍾馗給阿吉看，仍舊力不從心，很快就出現了一些小瑕疵，在操偶的腳步方面有點交代不清楚。

雖然只是一點小瑕疵，但是怎麼可能逃得過阿吉的雙眼。

「腳步踏錯了！」阿吉怒斥：「到現在還是腳步混亂！妳這兩年到底在幹什麼！」

聽到阿吉這麼說，曉潔的內心就好像被人重重地打了一拳一樣，瞬間停止了動作。

……阿吉真的是失望透頂了。

先不要說曉潔今晚挺身而出保護一個鬼王派的人，光是操偶這檔事，阿吉對曉潔兩年間的成長期待，遠超過現在曉潔所表現的情況。

「妳真是讓我太失望了。」阿吉沉著臉說：「我可不是這樣教妳的，看清楚了，操偶應該像這樣！」

阿吉說完之後雙手一揚、腳步一踏，阿吉手下的鍾馗戲偶，就好像有生命一樣，衝向刀疤鍾馗。

如果說，阿吉只是把戲偶甩出去，那倒還沒什麼，問題就在於，那個鍾馗戲偶他媽的真的雙腳擺動就好像真的在跑一樣，這可就讓鍾家續跟亞嵐兩人看得目瞪口呆了。

當然，這是阿吉慣用的手法之一，當年在J女中的百人鬥偶大決戰之後，阿吉也不時做出這種無謂的超高擬真技巧，就是為了吸引對手的目光，讓對方注意力無法集中。

不過對於早就習慣阿吉這些誇張手法的曉潔來說，絲毫不受阿吉這華麗操偶技巧的影響。

這時看到阿吉的鍾馗戲偶衝過來，曉潔靈機一動，立刻將手一轉，讓刀疤鍾馗一個迴旋，在離心力的作用下，刀疤鍾馗張開雙手揮舞，用這個方法來防禦自身，只要對方敢靠近就準備給他來個迎頭痛擊。

阿吉的戲偶這樣衝過來，肯定會被這一個宛如旋風般的旋轉擊中。

原本還因為阿吉的操偶技巧如此精湛而訝異到沒有反應的鍾家續，突然看到曉潔來這一手，差點大聲喝采，就連亞嵐看了，也忍不住想為曉潔拍手叫好。

雖然不懂操偶，不過那動作亞嵐可非常熟悉，因為那正是格鬥電玩始祖快打旋風裡面，蘇聯摔角手桑吉爾夫的絕招。

想不到曉潔竟然可以操偶使出這樣的大絕招，當然讓亞嵐興奮不已。

只是接下來發生的事情，可就遠遠超過兩人的想像了。

只見阿吉的戲偶完全沒有退避的打算，直直衝向刀疤鍾馗，就在快被打到之際，鍾馗戲偶竟然突然蹲低身子，躲過了刀疤鍾馗的迴旋攻擊，順勢由下而上一躍的同時揮出手，整個將刀疤鍾馗打飛。

這動作根本已經超過兩人想像，就算是真人恐怕也很難如此流暢地做出這些動作，但是阿吉卻是操著戲偶做出如此高難度的動作，讓兩人看得目瞪口呆。

曉潔靈機一動，守得漂亮，但是師父終究還是略勝一籌，將刀疤鍾馗擊飛。

光是這些流暢的高難度動作，已經讓在場的所有人都看傻了眼。

不過阿吉可沒打算就這樣算了，雙手一甩，手下的戲偶也飛起來。

接下來的畫面更是讓人瞠目結舌，只見阿吉手下的鍾馗戲偶在空中追上了刀疤鍾馗，接著在空中右手一勾，竟然將刀疤鍾馗上方的操偶線一把撈了起來，勾在鍾馗戲偶的手裡，接著另外一隻手向上一揚，手上的小寶劍將刀疤鍾馗所有的操偶線一舉劈斷。

不只如此，由於戲偶的手勾住了刀疤鍾馗的線，因此操偶線上方一斷，刀疤鍾馗頓時被鍾馗戲偶勾住，阿吉手一拉，直接將刀疤鍾馗扯過來，接著伸手一接，刀疤鍾馗便這樣回到了它真正的主人手中。

這一連串的攻防，真的是讓鍾家續看傻眼到連嘴巴都合不起來。

鍾家續真沒看過有人可以把對方的戲偶奪走的啊！

這也太離譜了！

功力輸了，也就算了，畢竟阿吉年紀比較大，修行方面也還勉強可以有點藉口，但是這操偶的技術，就真的讓鍾家續看傻、看呆了。

先不要說有生之年，有沒有辦法練到這種根本是活人般的動作，光是操偶的想像力，恐怕都沒辦法想像戲偶可以操縱這種地步。

奪回自己本命戲偶的阿吉，將失去操偶線的刀疤鍾馗放在自己的腳邊，然後望向曉潔。

「讓開……」阿吉冷冷地說：「這是最後一次！」

曉潔愣愣地低頭看著自己只剩下操偶線的手。

雖然說，早就知道會是這樣的結果，但是沒想到竟然會如此不堪，連刀疤鍾馗都被人奪走。

此刻曉潔心中的難過，遠遠超過自己所能承擔的範圍，因此整個傻了。

畢竟相逢有多開心，此刻就有多痛苦。

而且這痛苦想不到竟然會有如此多的層次，讓阿吉失望、讓鍾家續失望，還有自己這兩年就好像個廢物一樣，操偶竟然如此不堪等等……

曉潔只感覺自己的心，好像在操偶線被割斷的同時，也被開了一個洞。

……不過，只有一件事情，或許自己還有點能力。

曉潔抬起頭來，緩緩地搖搖頭。

「我再說一次，」阿吉冷冷地說：「讓開，如果不讓開，我連妳也一起……」

曉潔抿著嘴，再次搖了搖頭。

這，就是所謂的義無反顧，一旦堅持了對的事情，就應該做到底……這就是阿吉你教我的。

曉潔用表情回答了阿吉。

阿吉見了瞪大雙眼，狠狠地說：「那你們就一起死吧！」

阿吉說完的同時，雙手一揮，鍾馗戲偶立刻飛快地朝曉潔飛去，戲偶拿著寶劍的手向前一舉，對準了曉潔衝了過去。

就在這時，曉潔閉上眼睛。

是啊，這條命是阿吉你救過的，現在還你就是了。但是我不想看到你，做出這樣的事情來。

這就是曉潔的心聲。

眼看曉潔非但不避讓，甚至還閉上雙眼視死如歸的模樣，讓阿吉整個人更是火冒三丈。

「啊——！」

阿吉一聲怒吼，鍾馗戲偶在曉潔的面前一裂，宛如炸裂開來般，就好像被人五馬分屍一樣。

看到曉潔的決心，到頭來阿吉終究下不了手，因此才會在最後關鍵的時刻，用力一扯，將戲偶扯爆。

不過鍾馗戲偶手上的刀子，還是以慣性直飛向曉潔，一刀刺入曉潔的眉心。

只是因為阿吉提前扯爆了戲偶，所以這一刀的力量不重，不過因為刀刃還是有點鋒利，所以那戲偶的小刀子，還是刺破了皮膚，甚至就這樣插在曉潔的眉心。

血液從眉心流了下來，但是那流量絕對不比曉潔雙眼淌流出的熱淚。

因為她知道，眼前這個阿吉，根本與她所認識的阿吉，完全不一樣。

過去的那個阿吉，或許……還是死了。

面對不肯退讓的曉潔，阿吉知道，或許今晚，不太可能如自己所願了。

畢竟時間，也差不多了。

「我看，我們的師徒情誼就到今晚了，」阿吉淡淡地說：「下次，我們就是敵人了。記住了……」

阿吉說完，拿起了刀疤鍾馗，轉向玟珊。

「走吧。」阿吉對玟珊說。

兩人轉身朝著C大的後門而去，轉眼間就消失在其他三人眼前。

看著阿吉跟玟珊離去的背影，曉潔終於承受不了內心的衝擊，放聲大哭起來。

而曉潔的淚崩嚎啕，也成為這個月光對決最後的聲響。

第2章・勝者的敗逃

1

五個月前，台南的夜裡，月光灑在五夫人廟的地板上。

幾週前在這裡發生了一起恐怖的命案，讓原本就已經屬於陰廟的這座廟宇，此刻顯得更加陰森恐怖。

深夜時分，本來就人煙稀少的此處，現在當然更是空無一人，尤其是在那個被傳為小女鬼的女孩遭人殘忍殺害之後，這裡更像人間的禁區，即便白天除了工作人員之外，也沒有任何人想要靠近。

不過今晚，有兩個身影，出現在這座廟前，這兩個身影不是別人，正是準備離開台南，踏上復仇之旅的阿吉與玟珊。

處理完鄧秉天的後事後，兩人離開了玟珊的故鄉，準備踏上尋找鬼王派傳人之路，不過在離開台南之前，應阿吉的要求，兩人再度來到這座廟。

雖然，小悅已經身亡，不過阿吉還是想來看一眼，至少……看上最後這麼一眼。

走到廟門前，如果小悅還在的話，這時肯定又會蹦蹦跳跳地跑出來迎接阿吉。

不過現在，回應阿吉的只有一片死寂。

在過去小悅生活的房間外，阿吉跪倒在地上，淚水徹底潰堤。

死馬當活馬醫……

這是當年呂偉道長所說的話。

小悅的一家，遇到的是相當恐怖的凶靈，雖然說這樣的凶靈，對呂偉師徒來說，不算是什麼太強的對手，不過小悅一家的事，是幾位不同門派的道長都沒辦法應付，才輾轉送到呂偉道長的手上。

因此兩人介入的時候，其實已經有點晚了。不過不願意看著小悅一家，就這樣被一個凶靈滅了，呂偉道長說出了那句話。

為了救小悅，兩人也算是冒了很大的險，讓那凶靈自蝕，還上了小悅的身，一切都只為了救小悅一命。

只是代價，卻是小悅必須被徹底保護，失去了對靈體抵抗力的小悅，需要陰廟的保護，才能夠不受邪靈入侵。

因此，五夫人廟成為了小悅的家，一個可以看到陽光，卻看不到外面世界的牢籠，小悅就被軟禁在裡面。

即便是呂偉道長，一時之間也沒辦法改變這一點。

而被兩人捨命救出來的小悅，在清醒後，給兩人的回應卻出乎兩人意料之外。

那時小悅說的話，在阿吉的耳中迴盪。

「我討厭你們，」小悅幽幽地說：「我應該……跟爸媽他們一起死的。」

看到這樣的小悅，讓阿吉很不捨。

「別這樣說，」阿吉回答：「活著……就有希望。」

當然，當時的小悅並沒有因為這樣一句話就開朗起來。

不過，阿吉倒是挺固執的，一定要看到小悅恢復，這事件才算告一段落。

為此兩人在頑固廟暫住了下來，而阿吉更是幾乎天天都到五夫人廟探望小悅。

當時為了讓小悅重新振作起來，阿吉可以說是無所不用其極。

「相信我跟我師父，」阿吉曾經這麼告訴小悅：「我們一定會想辦法讓妳跟一般人一樣。」

「真的嗎？」小悅一臉狐疑。

「總有辦法的。」阿吉有信心地說：「總有一天，我跟師父一定會讓妳離開這座廟。」

想不到，最後竟然會是這樣，真的讓阿吉感覺到哀痛至極，難以形容。

因為，阿吉真的把小悅當成了自己的妹妹一樣。

失信……真的好糟糕啊。

跪在廟前，阿吉的心就好像真的被人拿著刀剮一般。

小悅是對的，自己才是天真的王八，說什麼帥氣的話，說什麼活著就有希望……如果到頭來，是這樣的話……

想到這裡，更讓阿吉用力抓著自己的胸口，痛苦之情溢於言表。

那一夜，阿吉徹底知道了什麼叫做痛、悔恨還有怒……

連一個身世如此悽慘的小女孩都不放過的人，沒有資格活在這個世上。

那一晚，阿吉在心中發下了誓言。

——我一定要抓到那個兇手，殺了他，然後等他變成鬼之後，滅了他！

2

前往五夫人廟弔唁後，玟珊與阿吉兩人就此踏上了復仇之路，走南闖北地想把鬼王派的傳人挖出來。

誰知道半年後的今晚，好不容易找到了鬼王派的傳人，但是結果卻出乎兩人所料。

明明，這是一場完全的勝利，但是落荒而逃的卻是阿吉與玟珊。

阿吉與玟珊快步逃出了校園，上了兩人租來代步的車子後，阿吉旋即陷入平常痴呆的狀況。明明是決鬥的勝者，最後卻只能落荒而逃，或許這就是阿吉最不堪的狀況。

玟珊開著車，內心卻仍然激動萬分，因為今晚，她再度見到了那個年紀比自己小，卻名義上是自己師姐的少女。

葉曉潔，從來不知道一個名字可以讓自己如此難受。

比起鍾家續來說，曉潔給玟珊的震撼更大，不管是青春無敵，還是她那熟練的鍾馗派功夫，都讓玟珊覺得自己深深不如她。

在這半年之中，雖然說對於鄧秉天不贊成玟珊學習鍾馗派一事，讓阿吉有點掙扎，不過在玟珊的懇求，加上諸多考量之下，最後阿吉還是收了玟珊為徒，開始……繼續教她一些鍾馗派的東西。

只是進度嚴格說起來，並不是很順利，玟珊的記憶力不好，所以在口訣的方面，進展緩慢。聽阿吉說過，曉潔不過花幾個禮拜的時間，就把所有口訣全部記熟。

光是這點就足以讓玟珊自慚形穢，深感自己遠遠不如曉潔。

尤其是今晚看到她的操偶，加上她那敢站在阿吉面前跟阿吉對抗的勇氣，都讓玟珊感覺到心灰意冷。

當然，對於曉潔今晚的干擾，導致兩人不能如願收了鍾家續這點，出乎了兩人的意料之外。

不過玟珊非常了解，阿吉內心的無比痛苦。

這半年來，只要提到曉潔，阿吉臉上那略顯得意的模樣，就好像根根刺般扎著玟珊的心。

而阿吉當時有多得意，就可以想見現在的阿吉有多心痛。

自己最得意的弟子，竟然淪為跟鬼王派同進同出，還不顧一切想要保護對方。

看了一下坐在副駕駛座上的阿吉，此刻一臉無神地望著前方。

阿吉……阿吉……

一直到現在，玟珊還是有點不習慣，稱呼他為阿吉。

不過兩人也已經協議好了，在為鄧秉天找到兇手前，都不會再用那個鄧秉天為他取的名字。

因為，對兩人來說，那個名字有點太過於沉重了。

所以就連玟珊，也漸漸改口，叫他為阿吉。雖然三不五時，還是會不小心叫成阿皓，不過玟珊已經盡量改了。

開著車下了山，在自己不熟悉的台北街頭，朝著連是哪裡都不知道的目的地出發。

前方的號誌轉為紅燈，車子緩緩停下來，繫著安全帶的阿吉，身體微微向前傾了一下。即便已經繫好了安全帶，玟珊還是體貼地出手護著阿吉，防止他在無意識的情況下，撞到東西。

車子停妥，也確定阿吉沒事後，玟珊望著阿吉的臉龐。

在這半年之中，隨著阿吉清醒的時間越來越多，很多過去不知道的事情，沒時間好好說明的事情，現在玟珊都已經大致上清楚了。

當然阿吉已經告訴過她，關於J女中決戰的事情，關於自己變成這個狀況的原因。

在聽完這些之後，都讓玟珊對阿吉更加了解。

為了保護自己師父所傳承下來的口訣，也為了保護自己的學生，阿吉挺身而出，面對眾叛親離的場面，獨自一個人承受下所有這些後果。

越了解阿吉的過去，就越讓玟珊更加心疼阿吉現在的遭遇。

尤其是現在，在託付了口訣與未來給了自己所選的弟子，今天卻為了鬼王派跟自己動手。阿吉的內心肯定更加痛苦。

想到這些經歷，讓玟珊忍不住輕輕地撫摸了一下阿吉的臉，心疼之情溢於言表。

只是，阿吉就不這麼想了，在沉入黑暗的世界之前，阿吉對自己有的是更多的感慨與失望。終究還是手下留情了，下不了手，就好像去年鄧秉天對自己一樣。

憤怒，確實是阿吉看到鍾家續的時候，心中的直覺反應。

而火上加油的，則是曉潔不顧一切要保護他的那種義無反顧。

可是即便如此怒火中燒，自己到了最後一刻，還是無法下手將曉潔擊倒。

月光清醒症，這是阿吉為自己這半年的狀況取的名字。

這半年多，阿吉也試圖研究這個在自己身上的月光清醒症，雖然有了很多了解，不過還是沒有辦法參透其中的奧秘。

雖然說清醒的時間真的比過去那幾十分鐘相比，要長上許多，不過這也不是阿吉可以努力的地方。

今晚雖然看起來，像是阿吉這邊獲得了絕對的勝利，不過不代表阿吉與玟珊這邊沒有冒險。他們的風險就是阿吉的清醒時間，尤其在經過測試後得知，這個清醒的時間，會在阿吉動用自己功力的時候銳減，有時甚至連阿吉都還來不及反應，就會用光所有的時間。

因此不管是跟鬼魂還是活人動手，這都是阿吉絕對的致命傷。

正因為這個致命傷，讓兩人即便是這場決戰的勝者，但是最後卻得要敗逃。

兩人不得不匆忙離開C大後，上了玟珊租來的車子。

說來也算驚險，才剛上車阿吉立刻恢復到過去的那種痴呆模樣。

實在很難想像如果剛剛還在後草原對決的時候，阿吉突然變回這樣的狀況，情況會變得有多危險。

雖然或許曉潔還是會保護阿吉，不過鍾家續可能因為阿吉的強大，知道這是自己唯一的勝算，而不顧曉潔的阻撓而殺害阿吉。

畢竟，鬼王派的人下手有多兇殘，兩人不是沒有見識過。

所以阿吉不想冒險，只能趕快帶著玟珊離開那裡，上了車連話都還來不及說，阿吉就再度墮入那黑暗的世界。

不過這不打緊，因為接下來該去哪裡，阿吉已經跟玟珊交代得很清楚了。

這時燈號變了，玟珊轉向正面，踩下油門，車子再度緩緩前行。

月亮在前方的道路上空，彷彿在為兩人指引著方向，今晚的月亮就跟那天造訪五夫人廟一樣，明亮又清晰，只是兩人的前程卻跟當時一樣茫茫。

3

有別於上次搭車尋找么洞八廟，這一次玟珊租車，隨車配備的 GPS 幫了玟珊很大的忙，不需要徒步找路，就順利抵達輸入的地址，來到了這個地方。

不過現在的時間，已經是深夜時分，這讓玟珊有點猶豫，到底該不該敲門。

這是間不管是規模還是大小，都遠遠不如么洞八廟的一間小廟，廟口與兩側房子貼平，因此沒有什麼前庭，一進門就是正殿，正面有三扇門，不過現在由於時間已經是深夜了，所以三扇門均是大門緊閉。

別說么洞八廟了，就連鄧家廟宇都比這間還要大，而且看起來有點年代，感覺比么洞八廟還要古老。

站在門外打量了一下裡面，從門縫中都沒有看到任何燈光。

玟珊看了一下四周，都沒有找到門鈴，因此有點猶豫，不知道該不該拍門。

不過當然，到頭來還是得要硬著頭皮拍門，不然兩人要在街頭流浪嗎？

因此玟珊猶豫了一會之後，還是只能抿著嘴拍了拍廟門。

「不好意思，請開一下門。」玟珊對門裡面叫著。

等了一會都沒有聽到任何聲響，讓玟珊開始懷疑裡面到底有沒有住人。

向後退了一步，玟珊打量了一下這座古廟。

古廟很小，跟么洞八廟比，光是單面的大小大概只有么洞八廟的二分之一，三層樓高，獨棟。夾身在兩棟建築物之間，看起來就好像是一座可能僅限當地人才會知道的廟宇。

只是就算是鄧家廟宇也都已經有裝電鈴了，這間古廟看起來似乎真的跟時代完全脫節一樣，連個電鈴也沒有。

就在玟珊考量著，該不該再拍一次門大聲叫叫看的時候，大門後方傳來了開門的聲音。

玟珊鬆了一口氣，因為她已經認真考慮要投宿旅館，也不想要再這樣吵人安寧了。

過了一會，廟宇的大門緩緩打開，開門的是一個年紀跟阿吉與玟珊差不多的男子，他一臉不悅，臉上寫著的盡是「到底是誰會毫無生活常識、大半夜的拍人家廟門」。

不過那樣的臉色，只有浮現在看著玟珊的時候，等到男子將眼光轉到玟珊身邊那個愣愣地看著前方的阿吉身上時，臉上的表情立刻驟變。

「阿、阿吉？」男子一臉訝異。

「對，」玟珊聽了立刻接話：「阿吉要我帶他來這裡。」

當然，男子二話不說，揮揮手讓兩人進來。

玟珊拉著阿吉走入廟裡面，雖然不至於有霉味，不過到處都可以看到乏人問津的痕跡。

等兩人進來之後，男子關上了身後的大門，屋內瞬間變得十分昏暗，可能剛剛只是匆忙前來應門，所以沒有開大燈。男子到一旁打開正殿的大燈，燈光瞬間變得明亮。

就連供桌上那尊英明神武的鍾馗像，也看得一清二楚。

從那尊鍾馗神像，大概也可以猜想得到，這裡應該多半是鍾馗派的廟宇。不過當然，在民間祭拜鍾馗神尊的廟宇很多，不見得每個都跟鍾馗派有關。

「阿吉啊，」男子開完燈之後，走到兩人身邊：「你要來先打個電話吧，不需要這樣半夜拍門啊？怎樣？手機掉在夜店了嗎？」

男子說著說著走到阿吉的面前，當然現在已經恢復痴呆狀況的阿吉，沒有半點反應，愣愣地看著前方。

男子見狀，用手在阿吉的眼前揮了揮，然後立刻垮下了臉。

「阿吉別鬧我了，」男子哭喪著臉說：「你現在又是在演哪齣啦？」

看著對方一臉好像「你別以為我會上當」的臉，讓玟珊不禁心想，過去正常時候的阿吉，到底是什麼樣的人啊？為什麼會讓人如此多疑？

雖然就目前來看，清醒後的阿吉十分穩重，實在很難想像是那種喜歡惡作劇的人，不過現在看著男子的模樣，似乎也多少可以猜到過去的阿吉是怎麼樣的人。

「不好意思，」玟珊開口對男子說：「我叫玟珊，不知道該怎麼稱呼你？」

其實關於這點，阿吉有告訴過玟珊，但是經過這驚心動魄的一天，玟珊早就忘記了，因此才會問一下。

「我叫梁建安，叫我安仔就可以了，」安仔說：「我是這座廟的負責人兼廟公。」

雖然說阿吉有告訴玟珊安仔的名字，不過卻沒說安仔就是這座廟宇的廟公，讓玟珊聽到之後，有點訝異。

原本還以為這座廟宇的廟公，會是一個跟這座廟宇差不多年紀的老年人，想不到竟然會是這樣的年輕人。

不過轉念想想，他跟玟珊還有阿吉差不多大，而好死不死在場的三個人，還真的都可以算是廟公。

鄧秉天去世後，繼承了鄧家廟的玟珊，然後繼承了么洞八廟的阿吉，加上這個安仔。

怎麼現在廟公都有年輕化的趨勢嗎？這還真的是所謂的廟公大集合？

不過當然，這絕對不是重點。

關於該怎麼告訴安仔，阿吉也有稍微交代。

「你好，安仔，」玟珊對安仔說：「阿吉有跟我說，如果有什麼問題，等他醒來之後，會好好跟你解釋。」

「醒來？」安仔一臉狐疑打量了阿吉一會：「他看起來不像是喝醉啊，我看過他喝醉，不像是這樣，他總是會借酒裝瘋，然後……」

「不是喝醉啦，」玟珊無奈地說：「唉，還是等他明天晚上跟你解釋吧，總之，現在我們需要一個可以過夜的地方。」

聽到玟珊這麼說，安仔側著頭，臉上掛著一抹詭異的笑容。

當然玟珊已經是成年人了，也知道安仔這模樣的意思，立刻沉下臉白了安仔一眼，而且略微帶了點殺氣。

「好啦，」安仔看到玟珊的樣子，慌張地說：「我知道啦，誰知道你們在搞什麼鬼……」

安仔碎唸了幾句之後，轉身揮揮手，對玟珊說：「跟我來吧，我帶你們去可以休息的地方。」

雖然從正面看起來，這座古廟顯得有點小，不過向後面去，還頗有深度，走到廟宇後方準備上樓梯的時候，玟珊也注意到廟宇後方有個跟正殿大小差不多的後庭，後庭裡，還有株有點瘦小的榕樹。

上了二樓之後，安仔停在其中一個房間的外面。

「阿吉可以睡這間，」安仔說：「以前國師的房間，至於妳嘛……需要為妳另外準備一間嗎？」

「當然要，」玟珊再度浮現那略帶殺氣的眼神，然後深深地嘆了口氣：「唉，我們不是……」

「好好好，」安仔將手舉起來投降說：「我知道，等他醒來跟我解釋……一定要玩那麼大就是了？」

安仔說完帶玟珊到隔壁的房間說：「這裡是光道長以前的房間，妳就睡這裡吧。」確定玟珊沒有其他問題後，畢竟夜也深了，安仔稍微介紹一下浴室、廁所等設施的地點後，便準備上樓休息了。

安仔離去前，突然停下來轉頭說：「我在三樓另外一邊的房間，雖然這裡隔音不是很好，不過我睡覺習慣戴耳機，你們放心。」

玟珊聽了白眼看著安仔離去，實在很難想像，看起來正經的阿吉，怎麼會有那麼油腔滑調的朋友。

不過這恐怕是因為玟珊完全不了解變成這個狀態之前的阿吉，才會有這樣的想法。

確定安置好阿吉之後，玟珊回到自己的房裡。

國師跟光道長，全都是玟珊沒聽過的名號。

看樣子這座古廟雖小，但是搞不好是自己見識窄，說不定是鍾馗派大大有名的廟宇也說不定。

可是不管怎麼看都不像，因為剛剛進來的時候，玟珊有注意到一旁那個放香油錢的箱子，上面積了一層灰，可以想見這裡平常應該沒什麼信徒。

其他的不要說，光是玟珊家的香油錢箱子，都比這邊的還要大。

當然這座廟的真面目，到底是什麼，可能也得等阿吉醒來之後，玟珊自己問阿吉才會知道。

雖然看起來好像很久沒有使用過，不過不管是床鋪，還是家具，比起那個捐贈香油錢的錢箱來說，要來得乾淨多了。

不知道所謂的國師，還有光道長，是多麼厲害的角色，光聽名字覺得好像很酷，不知道比起頑固老高的高師祖來說，到底誰比較厲害。

玟珊在心中想著，脫下自己的衣服，看了一下床之後也不管那麼多，身子一軟，就往床上躺了下去。

才剛躺下，腦海裡又浮現出剛剛發生不久的月下決戰。

好不容易經過半年的奔走與追查，才查到這裡，想不到到頭來還是沒能……

而且更讓玟珊訝異的，還是最後出手阻止阿吉的人，竟然就是這些日子以來，阿吉掛念的徒弟曉潔。

唉……

一想到曉潔，又讓玟珊的內心感覺到一陣揪心。

雖然說今晚有這個讓人遺憾的結果，不過至少事情也算是有所進展了。

經過了半年的追查，總算找到了鬼王派的傳人，只是就連玟珊都不免懷疑，那個長得很像某個明星，看起來還真的十足像個孩子一樣的男子，真的就是殺害自己父親的兇手嗎？

這點玟珊不知道。

不過，今晚確實有很多情緒，在玟珊心中浮沉、翻滾，而在這其中，不知道為什麼，她很慶幸……今天沒有任何人身亡。

雖然心中各種情緒還沒有平息，不過終究還是累了，所以躺下去沒多久，玟珊便發出了微微的鼾聲。

4

雖然說對月光下才能清醒這件事情，阿吉已經逐漸習慣了，當然更不用說玟珊，打從一開始認識阿吉，他就是處在這種狀態之下。

不過像現在這種什麼事情都不知道，還需要等待阿吉清醒之後，才能有答案的狀況，還是讓玟珊感覺有點不耐。

那種如坐針氈一樣的等待感，真的讓人很受不了。

如今這種狀況不只在玟珊身上，就連安仔，也有這種情況。

第二天白天的時候，不停進來詢問阿吉的狀況，即便已經跟安仔說，必須要等到晚上，安仔還是三不五時前來問一下。

好不容易到了晚上，看著時間差不多之後，玟珊拉著阿吉，走下了樓梯。

等了一天的安仔，當然早就好奇到不行，跟著兩人來到了後庭。

抬頭一看，天上掛著跟昨天一樣明亮的月亮，看樣子應該是沒有問題。

看到玟珊抬頭看月亮，安仔也跟著一起仰起頭來看月亮，那模樣挺滑稽，讓玟珊不免笑了出來。

「等一下，」玟珊笑著說：「阿吉就會清醒，然後好好把事情的原委跟你說清楚。」

安仔聽了，臉上立刻浮現出一絲狐疑。

這樣就會清醒？啊他到底是在痴呆幾點的？

內心一堆疑惑的安仔，愣愣地看著阿吉無神的臉，看到這一幕的玟珊，剎那間真不知道現在阿呆的是誰，兩個看起來都像阿呆的人，彼此看著對方。

這樣的狀況大約持續了幾分鐘，阿吉的雙眼突然一眨，眉頭一皺，炯炯有神的雙眼立刻瞪著安仔。

「你在看什麼？」阿吉冷冷地問。

突然看到阿吉有變化，讓安仔有點吃驚地向後跳了一步。

安仔看了看阿吉，然後又抬頭看了看月亮。

「所以你現在需要照月光才能……」安仔說：「那不是跟……」

「你要是敢說出，」阿吉冷冷地說：「美少女戰士這五個字，我就宰了你。」

「沒有，」安仔聳聳肩說：「那是你說的，我要說的是狼人。」

聽到安仔這麼說，阿吉沉痛地閉上雙眼，低下了頭。

「不好意思，讓我跟安仔好好談一下。」阿吉對玟珊說。

玟珊聽到後，「喔」了一聲，轉身走向前面的正殿。

臨走前只看到阿吉突然手一勾，把安仔的頭勾著揣到自己的腋下，然後用拳頭抵著安仔的頭，十足像是一對國中生的模樣，讓玟珊有點傻眼。

到了正殿之後，只聽到後面先傳來一陣安仔的哀號聲，接著一切就安靜下來了。

當然，玟珊知道現在阿吉正在跟安仔解釋自己的狀況，需要一點時間。

看了一下正殿中坐鎮的那尊鍾馗神像，印象中自己家的倉庫，也有放了一尊鍾馗神像。以前玟珊小時候就有聽說，自己家的廟很早以前是拜鍾馗的，一直到老爸這一代，才變成濟公活佛。

原本玟珊並不了解，為什麼老爸會這樣破壞傳統，不過後來在父女深談之後知道了爺爺奶奶的死因，加上老爸曾經嘗試過加入鍾馗派的經驗之後，似乎也了解背後的原因。

尤其現在玟珊自己也加入鍾馗派，更是了解當年老爸的困境。記憶力不好的關係，口訣記不住，然後因為雙親的死，因此對跳鍾馗有了陰影的情況之下，才會變成後來的不學無術。

一想到這樣的父親，讓玟珊的淚水又流了下來。

即便已經過了半年，但是只要一想到父親鄧秉天，還是會讓玟珊悲從中來。

就這樣沉浸在父親的哀傷之中，過了一會身後突然傳來聲響，安仔從後面走到正殿，玟珊趕快收拾好自己的情緒。

「好了，」安仔對玟珊說：「妳可以去找阿吉了，我要出門一下。」

「喔。」

不想被人看到自己脆弱的一面，玟珊擦了擦淚水，轉過身時，安仔已經步出大門，走了出去。

玟珊走向後庭，阿吉仍然站在後院看著那株瘦小的榕樹。

「你讓安仔去哪裡啊？」玟珊問。

「去哪裡？」阿吉不解地問：「沒有啊，安仔出門了嗎？」

「嗯。」

「我不知道他去哪裡，」阿吉說：「我只是跟他解釋清楚現在的狀況，然後跟他說，我目前可能需要在這邊住一陣子，大概就是這樣。」

「喔。」

走到阿吉的身邊，玟珊一起仰頭看著那株又瘦又小的榕樹。

「這裡是我師祖的廟。」彷佛看穿了玟珊的心思，阿吉解釋，因為前一天並沒有機會好好跟玟珊說明這座廟的來歷。

「師祖？」

「嗯，」阿吉點了點頭說：「就是我師父的師父，道上的道長們稱呼他為……無偶道長。」

「無偶道長？」

「嗯，」阿吉轉過身看著古廟：「在我們這一派的功夫裡面，其中最重要的就是用戲偶跳鍾馗，這點妳應該很清楚。」

「嗯。」

玟珊點了點頭，這些日子玟珊也開始學習操偶了，雖然還不像曉潔練習了兩年，已經可以在實戰上跳鍾馗，不過由於這半年來，有阿吉這個操偶的天才在旁邊細心指導之下，玟珊操偶的技巧也大有進步，加上她相當勤奮，幾乎一有時間，就會在旅館或者租屋處練習，學習的心態真的很好，所以幾乎到已經快要可以實戰的程度。

光就操偶這點，玟珊的天分似乎比曉潔好一些，雖然記憶力不好，但是身體能力卻很不錯，這或許也是源自於鄧秉天的基因。

這也讓阿吉不免感慨，如果當初鄧秉天不是那麼排斥跳鍾馗，或許以他的能力來說，能夠跳出一片天。因為在教導玟珊的過程之中，發現她身體的記憶能力真的遠比大腦的記憶能力要來得好上許多。

「除非特別的情況之下，」阿吉說：「不然我們這一派的道士跳鍾馗，一定是用戲偶。而無偶道長，顧名思義就是說他終生無偶，從不用戲偶跳鍾馗，都是親自上陣。」

「為什麼會這樣呢？」玟珊不解。

「關於無偶道長為什麼會無偶，」阿吉說：「有很多傳聞，有人說他本命戲偶被人摧毀，所以一生無偶；有人說他根本就不會操偶。總之，無偶道長確實從來不用戲偶，就連跳鍾馗，也是親身下場去跳，這點是千真萬確的。也就是因為這點，被很多鍾馗派的人恥笑，認為就是沒能力才會這樣。」

聽到阿吉這麼說，玟珊不禁想起了自己的父親。會不會他之所以要裝模作樣，也是因為不想被別人恥笑呢？

「不過，」阿吉笑著說：「不管大家如何取笑他，他卻教出兩個很厲害的道長，其中一個被稱為光道長，另外一個則被稱為一零八道長，也就是我的師父，呂偉道長。」

聽到阿吉這麼說，玟珊想到了昨天自己睡覺的房間，就是光道長的房間。如果是這樣的話，那麼所謂的國師，應該就是指呂偉道長吧。

「而這裡，」阿吉用手比了比這個後庭：「就是他當年教導兩人的地方。」

一切正如阿吉所說的，這座古廟，正是呂偉道長的師父，無偶道長的廟宇。

會動用到這裡，其實當然也是有不得已的苦衷。

就目前阿吉的狀況，不適合回去么洞八廟，他不想讓過去在乎自己的那些人，知道自己現在的狀況，尤其是在曉潔很有可能跟鬼王派的人同進同出的現在。

如果被人知道自己現在的狀況，恐怕會很不妙。

夜晚月光下的阿吉，現在確實無人能敵，不過相對地，月光下以外的時間，阿吉幾乎完全沒有任何防禦力，可以說是任人宰割。

所以阿吉才會計畫使用這座古廟，當成兩人暫時的棲身之所。

「那麼真相呢？」沉吟了一會之後，玟珊問。

「什麼真相？」

「無偶道長到底是什麼狀況？」

「喔，」阿吉點了點頭說：「嗯，我也不知道。」

「啊？」玟珊一臉訝異：「怎麼你師祖的事情，你會不知道呢？你沒問過你師父嗎？」

「有，」阿吉斬釘截鐵地說：「不過……我師父非常不喜歡提及他師父的事情。」

「是喔。」

「嗯，他跟我說過，」阿吉說：「希望我不要問我師祖無偶道長的事，然後我就不問了。」

確實正如阿吉所說的，當年呂偉道長突然這麼告訴阿吉。

「阿吉啊，有件事情，師父想要拜託你。」當年的呂偉道長說。

「什麼？」年輕的阿吉問。

「就是不要問你師祖的事情。」

在呂偉道長這麼說之後，阿吉就沒有再過問過關於師祖無偶道長的事情。

因為很顯然，師父並不想提。

其實不需要呂偉道長說，只要一提起師祖無偶道長，不管當時呂偉道長的情緒如何，都會立刻沉下臉，露出憂鬱的表情。

而這就是阿吉對無偶道長的印象。

不過至少，有一件事情阿吉非常清楚，那就是師祖無偶道長，絕對不可能完全不會操偶。因為別人或許不清楚，可是在教導阿吉的時候，或者是阿吉還沒能操偶助陣的時候，阿吉看過呂偉道長操著他的本命白衣鍾馗，驅邪辟凶對抗惡靈。

而呂偉道長在教導阿吉時，因為阿吉的天分很高，對於一些操偶的方式有很多疑問，有些甚至連呂偉道長都難以應付，所以有說過類似「我也不清楚，師父怎麼教，我就怎麼學」的話。

因此可以肯定，師祖無偶道長確實教過呂偉道長操偶，而且教導得還算相當不錯。

所以無偶道長壓根不會操偶的這件事情，當然屬於子虛烏有。

至於為什麼師祖絕對不用戲偶，這點連阿吉也不知道……或許，連呂偉道長也不知道。至少阿吉曾經這麼想過。

而就在阿吉在跟玟珊解釋自己的判斷時，出門的安仔回來了，只是在他的身邊，多了一個滿頭白髮的老翁，兩人一起走到了後庭。

阿吉一看到那位老翁，立刻對老翁揮了揮手。

「伯公，」阿吉對老翁說：「你怎麼來了？」

「哈，」老翁笑著說：「我聽說你來了，特別來看看你啊。」

聽到老翁這麼說，阿吉笑著點點頭，然後瞪了安仔一眼，安仔一臉無奈地攤了攤手。

「謝謝你喔，」老翁抓著阿吉的手說：「這些年還是一直照顧這座廟。」

「哪裡，」阿吉說：「應該的。」

兩人一老一小就這樣在後庭寒暄了起來，安仔退到了玟珊的旁邊，稍微向玟珊解釋了一下。

原來這位老翁，就是安仔的阿公，從無偶道長時期，就一直在這間廟裡面服務。後來年紀太大退休了，才由孫子安仔接下他的工作。

雖然年紀大了，身體已經不堪廟宇的工作，不過從年輕就做到老的緣故，心中還是掛念著這座廟。因此才會交代安仔，如果阿吉來了，一定要跟他說。

而也就是在阿吉與老翁寒暄的這段時間，玟珊跟安仔閒聊之下，才對這座古廟有更深一層的了解。

就編制來說，這座古廟，目前實際上是隸屬於么洞八廟的一座小廟。

么洞八廟屬於大廟，信眾供奉的香油錢很多，因此扣除營運所需，剩餘的部分，就用來支援一些小廟，就好像分局支援派出所一樣。

畢竟廟宇的場所是固定的，對於某些信徒來說，確實有些不方便，因此有些大廟才會設置一些分廟，主要也是方便這些信徒，這就是民間信仰的模式。

而像么洞八廟那樣的大廟，也有些支援的小廟。

在無偶道長去世之後，這座廟當然由呂偉道長繼承，而因為某些因素，最後收編成為了么洞八廟其中的一座支廟。

只是，這座支廟其實跟其他廟不一樣，而是呂偉道長的師父所繼承下來的廟宇，關於這點也只有阿吉一個人知道。

由於無偶道長作風低調，而且聽說性情也很怪異，因此在道上沒什麼人脈。

如果不是後來出現了兩個幾乎改變北派的大道長，無偶道長恐怕會被稱為史上最無存在感的繼承人。

不過阿吉不知道的是，這一切都是環環相扣，密不可分的，這之中所有的結果，都有它的因果關係，即便是現在的阿吉，恐怕也還沒有辦法參透其中的奧秘。

好不容易說服老人家回家休息，讓安仔把老翁帶走之後，阿吉才回到了玟珊的身邊。

「好啦，」阿吉說：「目前這裡大概是我們的棲身之所，可以暫時安心一點。這座廟雖然隸屬於么洞八廟之下，不過就連廟裡面的工作人員，都不是很清楚，這座廟的真實來歷。畢竟這裡對我師父來說，是一座不太想提起的廟宇。」

雖然先前大概已經猜到了，不過玟珊還是有點好奇。

「那麼無偶道長現在人呢？」

「死了，」阿吉說：「被人殺死的。而就是那個夜晚，我師父跟他的師兄……徹底決裂。」

「所以殺害無偶道長的人，」玟珊一臉驚訝：「是他們兩人其中之一？」

「不是，」阿吉搖搖頭說：「兇手至今沒有抓到，不過兩人似乎因此產生了嫌隙，所以也算是正式分家了。」

玟珊似懂非懂地點了點頭。

「我個人的猜測啦，」阿吉說：「應該是對繼承人這件事情不滿吧？因為無偶道長在被人殺死之前，指名了我師父，是北派正統的繼承人。這對一向很重視傳統與正統的光道長來說，是件相當難以接受的事情，所以兩師兄弟才會因此決裂。不過這完全是我個人的猜測，因為我師父也不想提這件事情。或者應該說，我覺得就是因為這件事情，才會讓我師父不想提起這些過往吧。」

玟珊聽了之後，點了點頭，由於是獨生女的關係，實在很難想像這些向父母爭寵之類的感覺。

「關於兇手這件事情，」阿吉接著說：「我師父的說法是，其實兇手……」

話說到這裡，阿吉突然頭一點，整個又失去了意識，只是這個斷點讓玟珊差點沒有暈過去。

「你……」玟珊一臉難以置信：「唉，還真是會挑時機。」

就好像正在精采的地方插播廣告一樣，只是這廣告時間有點長，需要至少一天的時間，才能聽到後續。

不過當然這也不是阿吉願意的，畢竟今天晚上事情真的有點多，一會得要向人解釋自己的狀況，一會還要跟自己解釋這些事情，也算是難為了他。

而就在玟珊覺得一顆心懸在那裡，還得要等明天才能知道答案有點悶，拉著阿吉，準備上樓之際，玟珊的手機響起。

來電的是一個完全意想不到的人。

玟珊皺起了眉頭，接起了電話，電話那頭立刻傳來那個熟悉的聲音。

「喂。」

打電話來的不是別人，正是承辦鄧秉天命案的檢察官——陳憶玨。

「鄧玟珊嗎？」陳憶玨口氣聽起來頗為不悅：「你們到底跑到哪裡去了？」

「啊？」玟珊不解。

「我不是有說過，沒事不要亂跑嗎？」

「有嗎？」玟珊側著頭說：「不好意思，我不記得了。我們現在人在台北。」

「台北？」陳憶玨說：「好吧，把你們現在住的地方告訴我，我去找你們，不要亂跑了，等我找到你們再說。」

雖然有遲疑了一會，不過這可不能拖到明天晚上再做決定，因此猶豫過後，玟珊還是把住址告訴了陳檢察官，而陳檢察官跟她約好了明天下午，要跟玟珊碰個面。

掛上電話，玟珊不免懷疑，這時候陳檢察官突然來電，是案情有了新的發展，還是被她知道自己跟阿吉踏上復仇之旅的這件事情，而且還鎖定到了鬼王派傳人鍾家續的事情。

雖然有諸多揣測，不過一切還是等見了面之後才會知道，因此玟珊想了一會之後，搖了搖頭，牽著阿吉，往二樓去。

就像阿吉說的，這裡是他們目前的家了，現在也只能希望，整起事件可以快點找到真兇，讓生活回歸正常。

不過……同時玟珊也再想，一旦找到了真兇之後呢？

自己跟阿吉，還能像現在一樣嗎？

第3章・敗者的絕望

1

時間回到前一天的晚上——

月光下的決戰，阿吉以壓倒性的實力，打敗了曉潔與鍾家續。

然而，大獲全勝的阿吉，最後卻突然匆匆離開，丟下不解與挫敗的曉潔和鍾家續。

來得突然、走得更是突然，即便三人之中，最事不關己的亞嵐，也被阿吉這突如其來的介入，感覺到莫名其妙。

宛如一陣風，而且還是龍捲風，瞬間來襲，又瞬間消失得無影無蹤。

而造成的災難，也真的跟龍捲風一樣，將整個狀況捲起，又整個吹散得亂七八糟。

鍾家續躺在草原上，肩膀上的劇痛，雖然已經稍微舒緩了一點，不過內心的痛楚卻越來越清楚。

看著天空的明月，鍾家續知道自己想要追上那個叫阿吉的能力，不如期待自己有登陸月球的一天，說不定還比較實際一點。

怎麼會有人強大到這種地步？

正所謂的高手一出手，便知有沒有。

光是看那鍾馗戲偶招奔馳在草上，宛如草上飛一般，那雙腳前後擺動的模樣，活靈活現宛如真人般的功夫。

如果那時候鍾家續還有辦法站在一旁，說不定真的看到當場跪下，就跟那年的老道長看阿吉操偶看到淚流滿面跪在地上拜的模樣。

誰能啊？到底普天之下，誰能做到這種地步？還有那讓自己連舉個手都做不到的浩瀚功力。

如果不是曉潔……

想到這裡，鍾家續真的有種不如一刀宰了自己還來得痛快的感覺，何必羞辱自己到這個地步。

當然曉潔則是放聲大哭。

看到這兩人的模樣，真的讓亞嵐一時之間還真不知道該怎麼辦好。

「你們兩個……還好嗎？」亞嵐哭喪著臉問。

不過情緒仍然十分激動的兩人，根本沒辦法回答這個問題。

當然，亞嵐能夠理解兩人的感受，但是恐怕這輩子都沒有辦法體會，兩人此刻的心情。

一個從小就鍛鍊著自己，甚至一度覺得本家的道士沒有什麼了不起的，現在感覺自己這些年，根本就是白痴，練了一堆東西，還不如別練，直接讓人把他宰了，或許還能有點藉口。

雙方的差距，根本就像是刀劍對槍砲。

另外一個一直認為自己貫徹著阿吉的路，並且勤奮努力了兩年，最後連一句稱讚都沒有，還被斷絕了師徒關係。

雖然面對人生的悲喜，亞嵐絕對不亞於兩人，小學時候喪父，高中時候喪母，之後與哥哥兩人也算是相依為命，一起度過許多堪稱大風大浪的時光。

可是，這卻是完全不能相比的感受。

至少痛失雙親那是種純粹的哀痛，跟兩人現在複雜的情緒比起來，是完全不一樣的感受，所以亞嵐也不知道該怎麼安慰這種複雜的情緒。

甚至不知道兩人需要的，是不是安慰。

看著一邊完全不想起身，一邊痛哭到真的失聲。

亞嵐只能仰天長嘆，嘆人生的無常，世事的多變。

明明前一刻，三人開心得宛如中了樂透大獎般狂喜，下一刻三人卻如喪考妣般哀痛。

對鍾家續來說，這場完敗，不管是生理還是心理層面的創傷，都相當巨大。

雖然沒有明顯的外傷，不過肩膀被掃過的那一下，讓鍾家續連呼吸都感覺到疼痛。

今晚鍾家續感受到了阿吉的強悍，那種強悍，比起在滅陣裡面看到地逆妖心中的鍾九首，帶給鍾家續的震撼有過之而無不及。

雖然鍾家續還是認為滅陣裡面的那個道士是自己想像中的呂偉，不過不管那個道士的真實身分是誰，光是論實力，就已經讓鍾家續大開眼界了，不過還比不過與阿吉交手時帶來的震撼。

畢竟一個是幻想出來的形體，一個可是活生生的對手。

那雄厚的功力，讓他連動都動彈不得，更別說跳鍾馗了，那三分鐘的障礙與體驗，根本就是天與地的差別。

想到自己從小到大就認為自己在操偶方面才華洋溢，堪稱天才，根本只是井底之蛙。鍾家續甚至連想都沒有想到，竟然有人可以強到這種程度。

好吧，功力或許鍾家續還可以有點藉口，像是經驗不足啦、缺乏磨練啦，這些都可以讓鍾家續勉勉強強找到一丁點的藉口。

但是，當自己被打倒在地上，親眼看著曉潔跟阿吉之間的對決時，阿吉那操偶的技術，更讓鍾家續瞠目結舌。

如果不是阿吉在奪回了刀疤鍾馗之後，在空中將那尊鍾馗戲偶爆開，甚至現在殘骸還留在原地，鍾家續肯定會認為那是一個活生生的侏儒假扮的。

他這輩子沒看過有人操偶可以如此栩栩如生，尤其是那一手，衝上前用手將刀疤鍾馗的線一把勾住，另外一隻手用寶劍狠狠批斷那些線繩的模樣。

就算給自己三十年的時間，鍾家續都不認為自己可以做得到。

不，如果今天不是自己親眼所見，光是聽聞有人可以操偶到這種程度，鍾家續也絕對不會相信。

因此，光是這場月光下的決鬥，就讓鍾家續徹底看到了曉潔的師父，也就是呂偉的徒弟，那逆天般的實力。

……魔王！根本就是魔王！

更恐怖的是，這魔王是想要殺了自己的。

今晚，真的讓鍾家續體會到什麼叫做從天堂掉到地獄，前一刻還為了打倒地逆妖而狂喜不已，下一秒就徹底體會到自己的軟弱不堪。

當然，鍾家續難受，曉潔更是不好過。

阿吉走後，曉潔先是放聲大哭，接下來是整個癱坐在地上，不停地抽噎著。

曉潔絕對不是個懦弱的女子，這點至少可以從當年高二，就被迫接下么洞八廟，卻仍然不曾想過要逃跑這點，多少看得出一點端倪。

但是今晚，那打擊卻是如此的強大。

明明自己那麼努力、那麼勉強自己，卻換來這樣的責備與責怪。

真的好痛。

為什麼連個交代都不給？為什麼要來去像陣風？為什麼連點解釋的機會都不給？

眼看兩人情緒完全沒有辦法收拾，亞嵐也確實無計可施，只能無力地坐下來，給兩人一點時間整理一下情緒。

抬頭看著天空，月亮清晰可見，滿天的星星也在這黯淡的環境之中，特別耀眼。

今晚的月亮好美喔，亞嵐心想，所謂的淒美是不是就是這樣呢？

阿吉走了之後，三人又在這片草原，過了一個小時左右的時間，終於稍微整理好一點情緒，鍾家續跟曉潔終於冷靜下來。

然而真正的問題現在才浮現出來。

「現在呢？」亞嵐問。

曉潔無神地望著前方，緩緩地搖搖頭。

「那個，」亞嵐說：「不知道該何去何從，至少得先解決今晚的問題吧？看來大家都累了，是不是該回去休息了？」

曉潔愣愣地點了點頭。

「問題是，」亞嵐說：「妳要回家？還是要回么洞八廟？」

一聽到么洞八廟，曉潔震了一下。

原本在曉潔的計畫之中，清理好之後，就回么洞八廟。

不過現在的她一點也不想回去那個地方。

至少要等她情緒稍微回穩之後，才有辦法面對過去這段光陰。

所以，她只剩下一個地方可以去了。

「我想回家。」曉潔說。

是的，這就是何嬷所說的跟呂偉道長最大的不同，曉潔還有家可以回去。

「太晚了，」亞嵐說：「我不想讓我哥囉嗦，所以我去妳家吧。」

亞嵐以前就已經去曉潔家過過夜，所以問題不大。

「那你呢？」亞嵐轉向鍾家續。

「我……」鍾家續沉吟了一會說：「今晚也不想回去。來之前，才跟我爸大吵一架，現在我不想面對，所以……我會另外去找地方睡。」

「一起吧，」曉潔有氣無力地說：「我們家還算大，你應該可以睡客房。」

聽到曉潔這麼說，鍾家續原本還想要客氣一下，不過最後還是點了點頭。

今晚，誰都沒有那個情緒去說笑，也沒有那個情緒去面對多餘的事情。

於是三人，拖著疲憊的身體，離開了那片草原，一路朝著曉潔家而去。

2

鍾家續猛然從床上坐起來，差點就放聲叫了出來。

汗水佈滿全身，因此一坐起來，立刻有股寒意。

惡夢，對每個鬼王派的小孩來說，一點也不陌生。

從小就被迫面對這龐大的壓力，導致生活周遭處處彷彿都充滿危險，形成一種沉重的心理壓力，在這種壓力之下，惡夢成了自然的產物。

不過這個夢，似乎比起過去都還要來得強烈，讓鍾家續即便起床之後，還心有餘悸，喘息不已。

好不容易調整好自己的氣息，看了一下時間，已經是早上十點多了。

雖然說已經是暑假，不過過去以鍾家續的作息來說，最晚差不多九點就會起床，今天卻睡到十點還完全沒有醒來，這是過去從來不曾有過的經驗。

畢竟從小就睡不安穩的習慣，讓鍾家續幾乎每天晚上睡覺，都會醒來好幾次，像這樣一覺到天亮的經驗，實在是不常見。

不過這也證明昨天的自己真的累壞了。

三人抵達曉潔家的時候，已經是深夜時分。而迎接三人的曉潔媽媽，似乎對曉潔突然帶了朋友回來，有點不悅，臉上的表情有些不爽。

不過曉潔的媽媽並沒有當場發作，雖然表情看起來不太高興，不過還是準備了客房讓鍾家續休息。

曉潔的家確實如她所說，一點也不算小，就連客房都有獨立的衛浴，感覺就好像常常有客人來家裡作客一樣。

稍微在浴室梳洗一下之後，鍾家續打開房門走出房間。

畢竟再怎麼說在人家家裡作客，一直到中午都還沒出房門也有點失禮。

走出房門，穿過走廊來到餐廳，餐桌上，亞嵐已經在吃著曉潔媽媽一大早出去買的早餐。

從亞嵐的模樣看起來，她似乎也醒來沒有多久。

由於曉潔房間的床夠大，所以昨天晚上她跟曉潔擠一張床。

亞嵐看到鍾家續，揮了揮手示意要他過來一起吃早餐。

鍾家續到餐廳坐了下來。

「曉潔呢？」

亞嵐嘟起了嘴，然後比了比主臥房的方向。

「一大早就被她媽請去房間裡面好好談談。」

從亞嵐說話的模樣看起來，鍾家續也大概知道，自己真的給曉潔帶來了一些困擾。

不過現在道歉也來不及了，總之還是得等曉潔出來之後，才能知道情況到底有多慘烈。

兩人在餐廳，吃完了曉潔媽媽為兩人準備的早餐之後，又過了一個多小時，才看到曉潔一臉灰頭土臉地來餐廳。

「妳還好吧？」

「嗯，」曉潔雙眼無神地點了點頭：「還死不了。」

或許，對曉潔的雙親來說，這可能是曉潔遲來的叛逆期，至少曉潔的媽媽是解讀成這樣的。

不只是今天這樣帶男孩子回家過夜，就連去繼承一座莫名其妙的廟宇，也是出自對雙親篤信天主教的叛逆反動。

所以今天語重心長，噙著淚地跟曉潔談了一整個早上。

這也正是為什麼曉潔從主臥房出來的時候，有種靈魂出竅的感覺。

看到這樣的曉潔，鍾家續想著還好昨天沒有回家，不然多半會跟曉潔差不多悽慘。

尤其是昨天父子之間的那一場爭吵，堪稱有史以來最為激烈的一次，不只動口，還動了手。

很難想像昨天回去之後，父親鍾齊德會有什麼樣的反應。

「今天有什麼計畫？」亞嵐問。

「什麼計畫都好，」曉潔白著眼說：「先離開家再說吧。」

於是三人稍微準備一下之後，便離開了曉潔的家。

不過由於還沒有決定到哪裡，無處可去的三人最後只能在曉潔家附近找一家速食店，好好討論一下，接下來三人到底該怎麼辦才好。

尤其是在經過了昨晚那驚心動魄的一夜，三人一直沒有機會好好坐下來談談。

所以三人便來到了附近的速食店，隨便點了些餐點之後，找個靠角落比較方便說話的地方，坐了下來。

3

為了擔心自己的母親在兩位友人的面前崩潰，曉潔只能帶著兩人到自家附近的速食店，一方面醒來之後曉潔一直沒有吃東西，另一方面也需要一個地方可以好好談一下現在的狀況。

當然，眾人第一個要面對的問題就是，接下來，三人到底該何去何從？

這點，不管是鍾家續還是曉潔，都沒有了方向。

明明幾天前，一切都如此光明，但是卻彷彿直直墜入地獄的深淵。

眾人就好像坐上了一部如暢銷小說書名《地獄列車》般，直達地獄底部。

鍾家續，為了跟曉潔一起對付這個地逆妖，不惜跟自己的父親起爭執，兩人甚至還大打出手，與其說是為了曉潔，還不如說是為了曉潔所提出的那個「美好未來」。

鍾馗派與鬼王派，可以在這彼此都只剩下一個傳人的情況之下，握手言和，一起步向美好的未來。

而為了這個未來，兩人的攜手合作，就彷彿種下了一顆名為希望的種子，希望它有天開花結出名為和平的果實。

這才是鍾家續跟自己的父親鍾齊德起衝突的真正原因。

然而現在，這種子才剛種下，就被人殘忍地挖起來，並且徹底捏碎。

就連鍾家續自己都不知道，這一年來自己到底在忙些什麼，不，更正確的說法應該是這一生到底都在忙些什麼。

畢竟到頭來對手都是阿吉這麼恐怖的強敵，那麼自己從小到大的那些練習，還有跟父親爭執想要出門練習的機會這些，看起來都像是一場笑話一場空。

如果阿吉的實力，是可以想像或者是鍾家續認為自己只要努力，終有一天可以超越的話，或許還有點意義。

問題是阿吉展現出來的實力，是鍾家續認為自己就算窮極一生的努力，可能都沒有辦法抵達的境界，這才是真正讓他感覺到絕望的地方。

因此對鍾家續來說，還有另外一件非常在意的事情。

「妳師父，」鍾家續失魂落魄地問：「一直都這麼強嗎？」

想不到在一個晚上之內，鍾家續先是看到了那個在滅陣裡面的強大道士，又看到了宛如鬼神，實力完全不在那個滅陣道士之下的阿吉，打擊之大，難以言喻。

只是面對這個問題，曉潔根本不知道該怎麼回答。

如果說是操偶的話，至少曉潔知道，他是個人人口中的天才，跟鍾家續這種自稱的完全不一樣，也看過阿吉以一敵百的威力，更見識過他降妖伏魔的能力。

所以如果要給個簡單答案的話，曉潔的答案是：「是。」

不過這一切其實都比不過，在J女中的決戰最末，那真祖召喚的恐怖。

一個人，就讓鍾馗派幾乎毀滅；一個人，就實現了這幾百年來，鬼王派無數人才努力的夢想。

在阿吉使用這招之前，阿吉的強悍已經在曉潔的心中，留下深刻的印象，那以一敵百的魄力，還有一旁看到哭著跪下來的老道士，跟今晚相比之下，今晚根本就只是小菜一碟。

然而即便如此，阿吉還是身陷絕境，如果不是使用最後這一招，可能會有完全不一樣的結果。

但是那一招，也深深超過曉潔所能想像的範圍，一掌被拍成血肉模糊的阿畢，還有一顆顆在眼前爆裂的頭顱，都成為了一場夢魘，在曉潔心中留下深刻的傷痕。

因此對於這個問題，曉潔有了更深層的答案。

「不，」曉潔沉痛地閉上眼說：「他還能更恐怖。」

聽到曉潔這麼說，鍾家續瞪大雙眼，難以置信的模樣全寫在臉上。

也是在這個時候，鍾家續才深深體悟到，什麼叫做絕望。

當然，昨晚阿吉的強悍，曉潔也有親身體會到，不過曉潔很清楚，在對付自己的時候，阿吉是手下留情到任何人都看得出來的程度。

只是曉潔搞不清楚的是阿吉不忍心下手的對象，到底是自己，還是那個長年跟他並肩作戰的刀疤鍾馗。

畢竟一旦阿吉也真的注入功力，在與曉潔的功力對抗下，刀疤鍾馗很有可能受損，所以完全不用功力，到底是對自己徒兒的體貼，還是對刀疤鍾馗的珍愛，這點曉潔完全不敢說。

不過這些都不是最重要的，對曉潔來說，最心痛的還是阿吉最後臨走前的那句話。

「下次，我們就是敵人了。」

真的嗎？

一直到現在，曉潔還是難以置信阿吉會不講理到這種程度。

一旁絕望到谷底的鍾家續，沉痛地閉上雙眼說：「妳們走吧，我們還是別再見面了，如果妳師父真的跟妳說的一樣……那我根本沒有半點機會。」

打從雙方相遇以來，鍾家續一直給曉潔、亞嵐一種桀驁不馴的感覺，或許就是因為長時間被本家打壓的結果，讓他很想要一吐怨氣，不過像現在這樣絕望到幾乎要雙手投降的地步，是兩人不曾見過的。

「要殺，就讓他殺吧。」鍾家續慘然一笑：「這就是鍾九首的詛咒。」

看到鍾家續這模樣，讓亞嵐跟曉潔面面相覷，真的是就算要安慰，也不知道該從何安慰起。然而雖然說，內心已經放棄抵抗，但是鍾家續越想越氣，甚至氣到渾身發抖，因為他不明白，自己到底做錯了什麼。

憑什麼有人可以這樣剝奪一個人的自由？憑什麼有人可以這樣追殺一個人的性命？更重要的是，他不明白自己為什麼就得受到這樣的待遇。他真的不懂！就因為自己姓鍾？

「是啊，」鍾家續恨恨地說：「就像妳師父說的，如果乖乖待在陰暗的溝渠裡生活，一輩子都不會遇到這種事情。但是我就是不甘心，如果要我選擇，我寧願在陽光下，坦蕩蕩地被他殺。我不明白，我做錯了什麼，就只因為我姓鍾，我就該死了嗎？」

當然面對鍾家續這憤恨的心情，兩人無言以對。

「強，就可以為所欲為嗎？」鍾家續極度不以為然：「強，就可以不分青紅皂白地取人性命嗎？當然，一切都怪自己不爭氣。不，或許打從我出生，就已經註定了這樣的命運。」

鍾家續會這麼想，是非常理所當然的結果。

畢竟阿吉所展現的本家實力，已經遠遠超過自己所能想像的範圍了。

曾經聽自己的父親鍾齊德說過，阿公可能可以算得上是鬼王派有史以來最強的繼承人，那又如何？

過去聽到阿公的死，總是認為是被奸人所害，但是今天看到了不管是滅陣裡面的那個本家，還是活生生站在自己面前的本家，那種強度都遠遠超過自己所能理解的範圍。

以阿吉的實力來說，本家根本不需要耍賤，他們就已經強成這樣了，自己那個最強的阿公再怎麼強，也很難是今晚阿吉的對手吧？

所以當年，遇到了那個阿吉的師父呂偉，自然也只能任人宰割。

——這就是鍾家的命運。

面對鍾家續的疑惑，曉潔卻有了完全不同的答案。

「我不相信。」曉潔斬釘截鐵地說。

「啊？」鍾家續一臉疑惑：「不相信什麼？」

「我不相信阿吉是這樣的人。」曉潔沉著臉說。

「妳會不會太執迷不悟了？」鍾家續無奈地說：「昨天晚上妳已經看到了吧？算了，跟妳爭這個也沒意義，妳不信就不信吧，我已經是一隻腳踏進棺材的人了，妳就好好活著，看看妳那個師父吧。」

「不要，」曉潔一臉認真地說：「我要你也活著，好好看清楚阿吉。」

「啊？」

「以我過去認識的阿吉，我相信他不是那種人，」曉潔說：「如果他真的不論是非就要殺你，那我會跟昨天晚上一樣，站在你的身邊，跟你一起討公道。」

聽到曉潔這麼說，鍾家續抿著嘴，低下了頭。

確實這可不是曉潔隨便信口開河所說的話，至少，昨天晚上她已經證明了，自己的確會這麼做，因此鍾家續也不好說什麼。

不過他還是不明白，為什麼素未謀面的曉潔師父，會一見面就要自己死？

除了本家跟鬼王派之間的恩怨，鍾家續想不出任何原因。

這時原本一直靜靜在一旁聽的亞嵐，一臉狐疑地轉向了鍾家續。

「問題是，」亞嵐問：「你真的會乖乖束手就擒嗎？你真的放棄抵抗了嗎？」

畢竟這完全不是鍾家續的風格，這點鍾家續自己也知道。

「不，」鍾家續搖搖頭：「我不打算坐以待斃，就算要被殺，我也要拚一下。」

亞嵐點了點頭，因為這才是她所認識的鍾家續。

「不過，」亞嵐問：「怎麼拚？」

這才是真正的問題關鍵。

撇除掉所有的情緒，或許這才是真正的問題，要如何面對這樣強大的魔王，然後找到自己這邊的一點勝算。

對此，不管是曉潔還是鍾家續，都沒有一個完整的答案。

不過，鍾家續這邊還是有些可以準備的地方。

「昨天晚上，」鍾家續說：「為了對付那個地逆妖，我的符全部用完了，如果想要至少有點機會的話，我需要多找一些強力的靈體。」

確實，能夠抓到一些鬼魂來強化自己，就是鬼王派最重要的基礎。

雖然心裡還是有些疑慮，不過曉潔知道，除此之外別無他法。

「我們會幫你。」曉潔代替亞嵐回答。

聽到曉潔這麼說，亞嵐非常清楚，自己將會有一個相當刺激的暑假，因此嘴角也不自覺地……

看到亞嵐的反應，曉潔搖搖頭：「我以前有聽我學長說過，不過現在我是真的這麼認為，妳這小妞真的有點怪怪的。」

「什麼跟什麼啊？」亞嵐笑著說。

「妳為什麼撐大鼻孔、嘴角上揚，感覺好像有點興奮的模樣？」曉潔挑眉。

「因為這就好像 RPG，要打倒魔王一樣，這感覺挺酷的。」

「嗯，」曉潔苦笑比了比亞嵐：「這就是嘟嘟。」

看到兩人的模樣，鍾家續也不免露出淡淡的微笑。

或許，在這種壓得人喘不過氣來的時刻，有亞嵐這種可以把兩人稍微從這種氣氛拉出來的人也很重要。

「不過在這之前，」曉潔沉吟了一會說：「我想先回去么洞八廟一趟。」

「啊？」這話一出，不只有鍾家續，就連亞嵐也有點訝異。

「至少阿吉還活著的這件事情，」曉潔說：「需要跟何嬤說。」

「如果阿吉在那邊呢？」

「在何嬤跟工作人員的面前，」曉潔說：「阿吉也絕對有必要交代一下吧？至少，也需要說出為什麼要這麼做的原因。」

確實正如曉潔所說的，如果想要雙方坐下來好好談一下的話，或許在么洞八廟，是個很不錯的選擇。

那裡有何嬤，還有阿吉最尊敬的呂偉道長生命紀念館，不管阿吉如何瘋狂，只要他心中對這些東西還有敬意的話，應該不會連談都不願意好好談。

至少這點，曉潔還有一些把握。

因此即便鍾家續跟亞嵐心中有點疑慮，不過三人還是在吃完飯之後，朝么洞八廟而去。

只是就連曉潔也不知道，在么洞八廟之中，有著另外一件令人訝異的事情在等著他們三人。

4

雖然說，決定回么洞八廟的人是曉潔自己，但是這絕對不是一個輕鬆的決定。

因為要回到么洞八廟對曉潔來說，也需要莫大的勇氣。

如果遇到了阿吉，如果他還是那麼不理智，那麼自己等於白白犧牲了跟著自己一起前來的鍾家續的性命。

不過當然曉潔也已經下定決心，如果阿吉還是那麼不理智，那麼自己還是會跟昨天晚上一樣，擋在他的面前，就算是拚上自己的性命，也不讓阿吉做出這種事情。

只是，有了這些覺悟，但是腳步卻仍然顯得沉重。

從來都不知道，這座熟悉的廟宇，會帶給自己這麼大的壓力。

三人來到了么洞八廟，互相看了一眼之後，鼓起勇氣走了進去。

雖然問心無愧，雖然確定自己的所作所為，對得起天地良心，但是曉潔的心中，還是有那種做錯事的感覺。

或許，在曉潔的身上，不知不覺之中，還是充滿了鍾馗派本家的那種想法。

這點感受，也是在這種壓力之下，才讓曉潔有了體認。

如果在平常，她絕對不可能有這樣的感覺。

不過，曉潔還是相信自己的判斷力，也相信自己所做的決定，因此才會選擇回來么洞八廟，就是要證明自己無愧於心，也決定要正面面對阿吉與眼前的狀況。

而在做出這個決定之後，雖然鍾家續很掙扎，不過還是決定跟曉潔一起面對，畢竟兩人現在也算是在同一艘船上了，如果讓曉潔單獨面對阿吉，先不要說道義上過不過得去，光是阿吉如果提出任何的看法，自己沒有辦法當場辯駁這一點，只會讓所謂的誤會更加擴大而已。

所以即便心中還有很多疑慮，不過鍾家續還是跟著曉潔一起回到了么洞八廟。

不過三人不知道的是，昨天那晚決戰之後，阿吉並沒有回到么洞八廟。

曉潔一見到何嬤，情緒再度湧現，立刻將阿吉還活著的事情告訴何嬤。

由於曉潔情緒激動，加上心急所以說得有點混亂，以至於何嬤一開始還聽不太明白，以為是曉潔作夢。

不過等到曉潔把昨天晚上阿吉突然出現，並且不由分說地堅持要動手的事情全部告訴何嬤之後，何嬤才搞清楚狀況。

阿吉還活著？

對此，何嬤當然也是驚訝萬分。

不過畢竟當年阿吉失蹤時，並沒有找到阿吉的屍體，所以即便知道了這件事情，也不是真的完全不能接受。

只是何嬤真正不解的地方是，如果阿吉還活著，為什麼會不願意回來這座廟裡？

就是因為這個原因，何嬤才會接受阿吉已經死亡的事實。

畢竟這座廟宇，是阿吉最敬愛的師父呂偉道長留給他的，就這樣把它丟給一個女高中生，然後自己人間蒸發，這對何嬤來說是怎麼樣都沒有辦法接受的事情。

因此知道阿吉還活著這件事情後，何嬤打定主意如果見到阿吉，不管怎樣都一定要先搞清楚這一點再說。

所以何嬤安慰著傷心的曉潔，並且答應曉潔，如果阿吉真的回來了，怎麼也會把他留住，並且要他好好解釋清楚。

畢竟自己從小照顧他，他怎麼樣也會聽何嬤的。

聽到何嬤這麼說，曉潔也算是稍微覺得安慰一點，至少這些年來，何嬤也算是看著曉潔一路走過來的人。

她如何接下這個重擔，如何每天勤勞練習，這些何嬤都看在眼裡，因此如果阿吉真的回來了，何嬤這邊肯定會讓阿吉跟自己好好說清楚。

這點對曉潔來說，真的很欣慰。

至少，有了一條可以溝通的管道，對現在的曉潔來說，是最珍貴的一件事情。

而就在曉潔跟何嬤在交談的時候，鍾家續卻面臨他人生最大的震撼，一點也不亞於何嬤與曉潔，看到或得知阿吉還活著的震撼。

5

在曉潔跟何嬤解釋的時候，亞嵐帶著鍾家續，稍微參觀一下么洞八廟。

畢竟兩人之間可能有些比較不想被其他人聽到的東西，所以亞嵐才會將鍾家續帶開，讓曉潔可以好好跟何嬤說話。

像這樣走在么洞八廟之中，讓鍾家續內心有種不踏實與不安的感覺。

就好像有種深入敵營的感受，對現在的鍾家續來說，感覺真的很詭異。

明明昨天，這座廟宇的前主人，才想要殺自己，幾十年前，這座廟宇的前前主人，才把自己的父親打殘，連眼珠子都挖出來。

自己現在竟然這樣走在這座廟宇裡面，跟一般的觀光客一樣，在亞嵐的帶領之下，漫步在其中。

腦海裡，不自覺又浮現出自己父親鍾齊德說過的話。

——你終有一天會死在那女的手裡。

最諷刺的地方可能就在於，經過了昨夜，就連鍾家續都相信這句話了。

不過最詭異的地方，就是即便如此，鍾家續還是覺得自己正踏上一條，自己所選擇的道路，一條不悔的道路。

說真的，以目前自己的身分與自己所處的地方來說，突然在轉角遇到一把刀，狠狠地刺入自己的胸膛，他都不會覺得意外。

但是，自己竟然還能這樣走在這建築物之中，真的讓鍾家續也覺得有點困惑了。

到底自己現在所做的這一切，是值得讓先人昂首驕傲的，還是搖頭可恥的？

到底自己現在所想的這所有，是真的自己認為正確的路，還是真的跟老爸所說的一樣，是為了一個女人？

感覺自己就好像身處於一片迷霧之中向前行，至於撥開迷霧之後，自己是站在懸崖邊，還是到了一個人間仙境，答案真的只有走出迷霧之後，才會揭曉。

就這樣想著，前面的亞嵐，突然停下了腳步。

鍾家續看了亞嵐一眼，只見亞嵐一臉尷尬，看向斜上方的地方。

他跟著看過去，只見一個匾額，上面寫著「呂偉道長生命紀念館」。

鍾家續愣了一會，然後才回過神來。

當然，不需要亞嵐介紹，鍾家續自然也知道，這個房間裡面放的是什麼東西。

「我想，」亞嵐尷尬地笑了笑說：「這間就不用介紹了。」

話雖這麼說，不過由於鍾家續心事重重，所以剛剛亞嵐的介紹，自然也都沒有聽進去。

不過這一間不一樣，確實不需要亞嵐介紹，鍾家續也很清楚，這裡就是放著呂偉道長生前物品的地方。

當然，對鍾家續來說，這裡就是魔王的英靈殿，一代魔王最後的墓碑。

只是到現在，鍾家續還是不敢相信，呂偉會就這樣死了。

現在是么洞八廟的營業時間，加上廟方人員也都在附近，因此此刻呂偉道長生命紀念館的大門，正敞開著。

即便只是站在門口，也可以看到裡面的一些東西，像是裝在櫃子裡面的桃木劍，還有一些在玻璃櫥櫃中的法器與符咒，這些都是呂偉道長生前所使用過的東西。

「那……我們繼續吧。」亞嵐用手比了比前方。

鍾家續愣愣地點了點頭，跟著亞嵐向前走沒幾步，突然停下了腳步。

「那個，」鍾家續沉吟了一會說：「裡面……有呂偉的照片嗎？」

身為曉潔的同輩弟子，同時也算是么洞八廟半個義工的亞嵐，當然參觀過呂偉道長生命紀念館，所以自然知道，裡面有一整面牆，都掛著呂偉道長與很多大人物的合照，不過亞嵐不是很確定，該不該告訴鍾家續。

「……有。」猶豫了一會之後，亞嵐還是宣布了答案。

聽到亞嵐的回答，鍾家續猶豫了。

在今天之前，呂偉的形象，已經深植在鍾家續的心中，只是從來不曾見過呂偉的鍾家續，在心中描繪出來的呂偉，其實說穿了，真的就像是動漫《名偵探科南》中，那些代表著兇手的黑影人一樣，只有個黑色的頭像。

因此，只要進去看一眼，或許就可以讓這個長達二十年的黑影人，有張真實的面孔。

雖然意義不大，不過心中還是非常好奇，這個從沒有見過面，卻儼然成為自己惡夢的男人，到底有著一張什麼樣的面孔。

「想進去看看嗎？」亞嵐問。

「……嗯。」猶豫一會之後的鍾家續回答。

「喔，門票一百。」亞嵐回。

「啊？」鍾家續訝異。

「開玩笑的啦，」亞嵐苦笑：「不過真的是要門票一百，只是我想……你應該可以免費進去看一次。」

當然，如果鍾家續他們家傳下來的故事是真的，呂偉道長真的重創了他爸，確實就道義上來說，招待他們一次也是理所當然的。

雖然說，自己也已經決定去見見這個在阿吉出現之前，久佔著魔王寶座的男人一眼，但是內心還是有點恐懼。

因此來到了呂偉道長生命紀念館的門檻前，腳遲遲沒辦法抬起來，跨過門檻進到屋內。

「需要我幫你加油嗎？」亞嵐見了冷冷地說。

鍾家續白了亞嵐一眼，然後深呼吸一口氣，抬起腳來，跨出那充滿意義的第一步。

踏入呂偉生命紀念館之中，鍾家續低著頭，用眼角餘光掃視生命紀念館裡面的一切，然後也看到了那面牆，那面掛滿著照片的牆。

當然，鍾家續內心的激動，一旁的亞嵐完全無法體會，畢竟不是每個人的生命之中，都會有像呂偉道長這樣一個魔王籠罩著自己，讓自己的人生蒙上一層陰霾。

不過，既然走進這間生命紀念館，鍾家續當然也沒有意思要逃避。

所以他低著頭，走向那面牆。

牆壁的下方，擺著玻璃櫥櫃，裡面放著一條法索，握柄的部分，因為長年使用的關係，已經有點破舊。

不知道在呂偉道長的人生中，曾經用這條法索，抽打過多少次地板，震懾過多少凶靈，甚至鞭打過多少鬼魂。

不過，這些都不是現在鍾家續想要知道的，因此鍾家續看著法索，深深地再吸了一口氣。答案即將揭曉，那個黑影人也即將換上一張真實的臉孔。

調整好呼吸之後，鍾家續將頭抬了起來，雙眼直直望向牆壁上的照片。

瞬間，鍾家續的雙眼瞪得很大，接著臉色突然變得慘白，雙眼瞪得更大。

那驚恐萬分的模樣，就連一旁的亞嵐也有點嚇到了。

是有沒有那麼大的反應啊？

雖然早就料想到鍾家續會有點反應，畢竟這可是他們家的大仇人，正所謂仇人相見，分外眼紅。

但是鍾家續沒有眼紅，只是瞪大到眼珠都快要掉出眼眶了，而且那表情，與其說是眼紅，不如說是萬分驚恐。

「這……就是呂偉？」鍾家續口中發出顫抖的聲音。

「是啊。」亞嵐略顯不安地回答。

鍾家續向後退一步，將目光轉到其他幾張照片，每張照片都有個呂偉道長，站在大人物的旁邊，當然身後也都有一個死小孩，總是做出一堆怪異的動作。

鍾家續搖著頭，似乎完全不能接受自己看到的照片。

過度的震驚讓鍾家續感覺到一陣天旋地轉，雙腳一軟，差點整個倒在地上，如果不是一旁的亞嵐緊急抓住他，他可能真的會倒在地上。

「你還好吧？」亞嵐緊張地問。

但是鍾家續沒有回答，一顆頭卻只是不斷地搖著。

當然，亞嵐完全無法了解鍾家續此刻的震驚。

因為……照片裡面的人，他見過……

這到底是怎麼回事？

自己……竟然見過呂偉？

而且，呂偉竟然是他……

這到底是怎麼回事？

混亂至極的鍾家續腦海裡，只不斷浮現出這句話……

6

「無人繼，不出門；出門便是一般人。」

這是近代鬼王派的家訓、家規。

當然，這個家規也說明了，鍾馗派對鬼王派的威脅有多麼大。

除了現實的威脅之外，真正讓鬼王派的人壓到喘不過氣的威脅，卻是來自於內心心理層面上的恐懼——也就是鍾九首的詛咒。

因為這個家規，打從清朝大戰之後誕生的鬼王派弟子，幾乎每個都從小就被告誡過。

然而其實類似的告誡，不只有鬼王派的小孩，就連一般小孩也有類似的戒條，像是不能走某條街啦，不能在哪裡或者是只能在哪裡玩之類的規矩。

當然會有這些規矩其實大部分都是為了小孩的安全，長大之後似乎也不是不能了解，只是對小孩們來說，要徹底理解與遵守，其實真的有點困難。

畢竟這可不像馬路上往來的車子，或者是關在牢籠裡面的猛獸，可以看得見、並且直接可以感受到的威脅，而是一種抽象的概念，因此鍾家續並不是從小到大都很遵守這條家規。

說穿了，小時候的鍾家續，跟其他人小時候沒有什麼兩樣，偶爾說些小謊，甚至偷偷違背一些家規——尤其是他們家的家規還比其他人多好幾十倍的情況之下，這似乎是理所當然的事情。

事實上，如果讓鍾家續來說，他也不相信自己的父親甚至祖父從小到大就沒有違背過任何家規。

那年應該是鍾家續剛開始就讀小學左右的時候，雖然鍾家續從小就有一堆關於鬼王派的課程需要學習，不過因為年紀還小，不管是課業壓力還是學習鬼王派的東西的壓力，都還沒有那麼大。

所以鍾家續也有些差不多年紀的鄰居好友，可以一起在家附近的公園遊玩。

雖然說鍾齊德個性比較孤僻，不與鄰居來往，不過大人的世界跟小孩的世界，是完全分開來的。

只要一有空閒，鍾家續就會到家附近的公園，跟自己的鄰居朋友玩。

不過有時候，朋友還沒來，眼看四下又無人，百般無聊的鍾家續，會趁這個機會，偷偷練習一下自己剛學會的逆魁星七式。

雖然公園附近，不時會有些老人家或者是路過的路人，不過當然對這些人來說，不過就只是一個小朋友在幻想著自己是什麼超級英雄，正在打擊怪物之類的遊戲吧，不會有人把他當一回事。

所以鍾家續三不五時就會趁這個等待的空檔，稍稍練習一下自己的功夫。

比起家裡那狹窄的空間來說，像公園這種地方才是練習的最好場所。

因此第一次在公園練習之後，鍾家續愛上了這種感覺，所以後來都會提早出門，趁朋友還沒有來之前，自己先練習一下。

當然，鍾家續非常清楚，如果這件事情被父親知道，免不了會有一頓毒打與責罵。但是鍾家續完全不知道，如果事態真的跟自己父親所擔心的那樣嚴重，自己可能不是只被毒打一頓就沒事了。

不過，鍾家續年紀還小，自然對這種事情缺乏警戒心，說難聽點，就是不見棺材不掉淚，不管大人怎麼說馬路多危險，小孩還是自以為自己有注意，完全沒想過車禍的可怕。

就這樣，這一天，鍾家續同樣提前出門，趁著朋友還沒來，先在公園好好練習一下。前一天學會的那一招，還不夠熟練，因為不管是腳步還是手該揮擊出去的方向，對鍾家續來說，都有點刁鑽，因此他打算好好在公園練習。

由於這已經不是鍾家續第一次犯忌練習，因此心中也沒有多少顧慮，自然很快就練到忘我，直到一個身影突然出現在他身後。

「學功夫啊，小朋友。」一個聲音從身後傳來，讓鍾家續嚇了一跳。

聲音聽起來很溫柔，但是不知道為什麼，卻讓人感覺很有威嚴。

一聽到這聲音，出自於本能的反應，讓鍾家續有種驚恐的感覺。

因為這聲音的主人，竟然站在自己身後，自己卻一點都沒有察覺。

而腦海裡不自覺浮現出來的，是那些關於本家的恐怖傳說。

只不過，一切的驚恐，只發生在鍾家續的腦海之中。

鍾家續轉過頭，看到一個看起來有點瘦弱的男人，站在自己的身後。

雖然男子看起來其貌不揚，沒有什麼特別的地方，不過那雙眼睛，卻異常有活力。

這點讓鍾家續覺得有點不可思議。

不過男子沒多說什麼，對鍾家續微笑點點頭之後，就走到一旁的公園中設置的長凳坐了下來。

男子拿出一本書，靜靜地讀了起來。

雖然有點遲疑，不過看男子很專心在讀著自己的書，鍾家續也沒多想什麼，繼續練習到自己的朋友來。

男子也一直都只是看著書，後來也不知道什麼時候離開了。

之後鍾家續在公園，看到過那個男人好幾次，不過那男人一直都沒有再靠近過。就算遠遠跟鍾家續四目相對，也只是微笑著點了點頭，然後繼續看自己的書。

當然，對鍾家續來說，這個男人就是無害，因此也就逐漸沒有在意過他，照常在那邊練自己的功夫。

有時候，那男人可能看書看累了，會抬起頭看一下鍾家續練功，僅此而已。

然後不知道從哪一天開始，那男人就不再來公園了。

那之後，鍾家續再也沒有看過那男人

——直到現在，在呂偉生命紀念館的牆上，看到那男人的照片掛滿了整面牆。

原來，那坐在長凳看自己練功的男人就是呂偉。

鍾家續渾身都起了雞皮疙瘩。

這……到底是怎麼一回事啊？

自己竟然曾經在呂偉的面前練過功。

不要說曉潔這種學過的，當年亞嵐還沒有學鍾馗派的東西，光是看鍾家續出手也可以清楚地看得出來，兩人系出同門。

如果連外行人都可以看得如此清楚，那麼呂偉當然不可能不知道，他用的就是逆魁星七式。

然後就這樣坐在旁邊的長凳上，看著自己的書……

他，有幾乎好幾個月的時間，可以殺了自己。

畢竟自己那麼長的時間，都在那個公園裡面練功、遊玩，要找到下手的機會，幾乎每天都有好幾次，絕對可以神不知、鬼不覺地把自己幹掉。

這正是鍾家續在看過呂偉道長的照片之後，幾乎快暈過去的原因。

自己不但見過呂偉，並且還聽過呂偉說話，這實在讓人太難以置信了。

混亂至極的鍾家續，在亞嵐的攙扶之下，勉強離開了呂偉道長生命紀念館。

但是因為幾乎快暈過去的原因，最後只能在旁邊的牆壁讓鍾家續靠牆坐下來。

看來混亂的人，絕對不只有曉潔一個人而已。

為什麼？呂偉到底為什麼沒有殺自己？為什麼會一直若無其事在一旁看書？

鍾家續不解。

當時的呂偉只要跟自己回家，就可以找到鬼王派最後僅存的兩個人了……

然後以他的實力，絕對可以讓一老一小死於非命，結束這長達將近千年的恩恩怨怨。

為什麼……呂偉沒有這麼做？他不是把自己父親傷成那副德性的人嗎？這算什麼鱷魚的仁慈嗎？

不只有呂偉道長的模樣，讓鍾家續大吃一驚，就連照片裡面呂偉感覺就是弱不禁風的模樣，還有後面那死小孩，也就是後來宛如魔王般的阿吉，都帶給鍾家續強烈的震撼。

天啊，如果不是在這種情況之下，誰會想像得到照片中的這兩個人，會那麼恐怖啊？

除了震驚之外，心中還有另外一股強烈的情緒，從心底熊熊冒了出來。

好恨、好恨，然後……好忌妒啊……

為什麼自己跟老爸不能這樣有著強大的傳承？為什麼自己跟老爸的實力，會不如他們師徒到這種地步？明明系出同門，為什麼差距那麼大？當年祖師爺不就是因為本家太弱，看不下去，才毅然決然跳出本家的嗎？但是現在這實力的差距，到底是怎麼回事啊？

靠坐在么洞八廟的鍾家續，內心真的極度混亂，幾近崩潰，並且強烈地質疑起人生。

看著這樣的鍾家續，亞嵐心想：果然還是太激烈了嗎？真不該讓這小子進去的。

看著鍾家續渾身顫抖，又差點暈倒的模樣，亞嵐只能在一旁警戒。

一方面擔心鍾家緒崩潰，一方面又擔心鍾家續會不會突然抓狂。

而鍾家續靠在牆邊坐著，呼吸困難。即便是夏天，即便天空掛著一顆猛烈的太陽，但是鍾家續的渾身仍然冒出冷汗。

第4章・無緣的師妹

1

大約兩年多前，台灣各地發生了多起離奇的命案。

這些案件之間沒有什麼關聯性，唯一共通點就是致命傷都非常詭異。

每個死者的傷口，都像是有東西在體內引爆，導致肉體與骨骼向外翻。

而警方在注意到這點之後，把這些案件集中起來，成立了一個專案小組，專門調查這起案件。

而陳憶玨檢察官，正是這個專案小組的成員之一。

半年多前，在台南發生的鄧廟公命案，也是由她所承辦的案件，玟珊就是在那個時候認識陳憶玨。

原本還以為，這起發生在純樸小鎮的命案，可以讓這一連串的命案調查露出曙光，但是很快案情又陷入膠著。

在鄧秉天的命案過後不久，玟珊便跟阿吉一起踏上了復仇尋兇之旅，鮮少再回到故鄉。

現在突然接到了陳憶玨的電話，確實讓玟珊感覺到有點意外。尤其在兩人好不容易循跡找到了鍾家續之後，立刻就接到了陳憶玨的電話，讓人不免懷疑自己的一舉一動，會不會一直都被檢警單位鎖定。

不過陳憶玨問起自己目前所在的位置，聽起來就好像並沒有掌握到自己的行蹤，因此玟珊還是將自己的位置告訴了陳憶玨。

兩人約好了今天要見面，不過就連玟珊也不知道，事到如今檢警的調查真的會有什麼幫助。畢竟，這恐怕已經不是檢警單位可以插手的案件了。

不過就自己的立場來說，為了不要惹來任何不必要的懷疑與麻煩，玟珊還是與陳憶玨檢察官約好了在這座古廟見面。

約定的時間在下午，還不到約定的時間，陳憶玨就已經出現在廟門口了。

雖然說在這座古廟待了幾天，從來不曾見過任何前來上香的香客，不過玟珊為了不給其他人帶來困擾，還是將陳憶玨帶到了這個有株瘦小榕樹的後庭。

阿吉的部分，雖然現在還在皓呆的狀態，不過大部分他都會乖乖待在二樓，所以不需要太煩惱。

對於玟珊這種不告而別，父親喪禮後幾乎就可以說音訊全無的行為，陳憶玨似乎不是很高興，臉色有點不悅。

當然，玟珊可能不了解的是，陳憶玨也算是擔心玟珊的安危，畢竟這個案件的兇嫌，似乎沒有很有目標性，許多看似沒有什麼關聯的人，最後也慘遭毒手。

因此像玟珊這樣的關係人一失蹤，難免會引來陳憶玨的關心。

經過半年之後，雖然案情陷入膠著，不過調查還在進行中，陳憶玨這邊也帶來了的一些過濾後的監視器畫面，希望可以讓玟珊指認一下。

因為在這半年之間，又出現了另外一名犧牲者，又有新的監視器畫面拍下了一些可疑的人，也可以讓玟珊看看，看能不能有點線索。

「我已經找過丁村長，」陳憶玨說：「我們進行過一些比對，並且從這裡面，挑出了一些比較可能的嫌疑人，希望可以讓妳指認看看。不過話說回來，我從丁村長那邊聽說，妳已經離家半年了。」

「嗯。」玟珊點點頭。

「連丁村長都很擔心妳的狀況，」陳憶玨雖然面無表情，不過語氣聽得出些許責備的味道：「特別希望我找到妳之後，轉達一些話給妳。」

玟珊低下了頭。

「他要我跟妳說，」陳憶玨說：「你們家的廟宇，一直是村子裡的心靈寄託。所以不管發生什麼，村子都一定會支持妳，希望妳一切安好。如果方便的話，記得打電話回村子跟村長說一聲，就當作報個平安，也可以稍微讓擔心妳的大家安心。」

聽到陳憶玨這麼說，玟珊抿著嘴點了點頭。

當然玟珊非常清楚，這都是父親以及長輩們的功勞，就是他們捨命為了村子，才會讓廟宇受到村子的重視。

一想到這裡，又讓玟珊紅了眼眶。

其實讓自己忙碌，想辦法投身在這緝兇的過程之中，確實讓玟珊暫時從喪父之痛中逐漸走了出來。

但是過了這大半年，只要一想到父親與家鄉，就會忍不住悲從中來。

「妳這半年到底都在忙些什麼啊？」陳憶玨問。

「就當作……散心吧。」

這已經是玟珊所能想得到最合理的答案了。

畢竟緝兇是警方的職責，如果不是這個案件那麼特殊，玟珊可能也會全權交給警方。

只是聽到玟珊這麼說，當然陳憶玨也不是不能理解。

「唉……」

面對這些家屬的心痛，陳憶玨當然不可能無法體會，但是一想到現在的案情一直膠著，不免還是有點感嘆。

陳憶玨嘆了口氣之後，為了稍微轉換一下氣氛，沉默了一會，眼光被後庭的那棵榕樹吸引住，抬起頭來仰望這棵榕樹的同時，眼角的餘光，捕捉到了古廟二樓，一個同樣愣愣看著榕樹的身影。

眼光一轉過去，移到了那個身影身上，陳憶玨頓時瞪大雙眼，難以置信的表情全寫在臉上。

陳憶玨的臉色驟變，讓玟珊注意到了，玟珊仰頭順著看過去，那是目前還沒有清醒的阿吉，正愣愣地站在窗戶邊，無神地看著前方。

「那個就是阿皓，」玟珊向陳憶玨介紹：「先前那段時間住在我們……」

話還沒有說完，陳憶玨張大了嘴，叫了一聲：「阿吉？」

明明玟珊介紹的是「阿皓」，但是陳憶玨口中說的竟然是「阿吉」。

還沒有搞清楚狀況的玟珊，正想要說：「對，他原本叫做阿吉。」

但是話還沒說出口，陳憶玨已經衝向樓梯，一股腦衝上二樓。

玟珊見了，當然立刻跟上前去。

玟珊才剛衝上樓，陳憶玨已經衝到了阿吉的身旁，一把抓住阿吉。

「阿吉？」陳憶玨大聲叫道。

面對陳憶玨如此激動的行為，但是阿吉卻仍然是雙眼無神，愣愣地看著前方。

隨後趕到的玟珊，看到陳憶玨的反應，不禁懷疑。

「你們……兩個認識？」

陳憶玨用力地點著頭，然後看阿吉沒有反應，轉向玟珊：「阿吉他怎麼了？」

「這……」玟珊一臉尷尬地說：「說來話長。不過可以請問一下，妳跟阿吉是……」

陳憶玨沉吟了一下說：「他……算是我的師兄，我是他的師妹。」

聽到陳憶玨這麼說，玟珊真的愣住了。

「妳是他的師妹？」玟珊還是有點懷疑。

不過陳憶玨此刻根本不想管那麼多，她又搖了幾下阿吉，眼看阿吉完全都沒有反應。

「阿吉他到底發生什麼事情了？」

「妳先放開他，」玟珊皺著眉頭說：「不管妳怎麼搖，阿吉都不會有反應的。」

聽到玟珊這麼說，陳憶玨放開了阿吉，臉上仍然是一臉難以置信的表情。

「我們還是先下樓吧，」玟珊說：「關於阿吉的狀況，讓我慢慢跟妳說。」

2

大約半年前——

那時候陳憶玨為了調查鄧秉天的命案，確實來到了鄧家廟宇的村莊。

當然也就是在那個時候，陳憶玨跟玟珊第一次見了面。

只是那時候的阿吉，因為玟珊不方便照顧他的關係，被寄放在丁村長家中。

陳憶玨在問完玟珊的口供之後，雖然阿皓可能完全沒有辦法提供任何可靠的線索，不過陳憶玨本來還是打算見阿皓一面。

只是才剛走到丁村長的家門前，就接到了一通電話。

如果，當時那通電話沒有打來，陳憶玨就會在那裡見到了阿皓。

事實上，那時候陳憶玨接到的電話，就是關於五夫人廟裡面，有發現新的被害者，而那個被害者跟鄧廟公一樣，屍體有著特殊的傷痕。

陳憶玨接到電話之後，立刻趕往五夫人廟，所以兩人錯失了這一面。

如果當時兩人就見到面，或許……就不會有月光下的那場決鬥，而眾人也會踏上完全不同的道路。

雖然說玟珊不是很了解，因為就她所知，阿吉並沒有任何師兄弟，阿吉的師父呂偉道長也只有阿吉這麼一個徒弟。

不過實際上，雖然呂偉道長只有一個徒弟，但是眼前這位陳憶玨，卻曾經拜入呂偉道長的門下，即使沒有學到多少東西，最後也沒有成為道士，但是終究在名義上，確實還是可以算是阿吉的師妹。

只是玟珊不知道的是，雖然陳憶玨到頭來並沒有真正成為一個道士，不過她的父親，在鍾馗派也算是個知名的道士，名號更是無人不知。

陳憶玨的父親叫做陳延生，也就是阿吉口中的陳伯，道上人稱的「醫生道長」。

曾經，陳伯在鍾馗派也算是個有頭有臉的人物。

「醫生道士」，光是這本身就充滿衝突的名號很吃香，畢竟光是報個名號都能吸引住他人的注意。不像呂偉道長的「一零八道長」，還需要鍾馗派的人或者是稍加解釋之後才能夠理解。

當年因為一個事件的啟發而一頭栽入鍾馗派世界的陳伯，確實在鍾馗派找到了屬於自己的天地。

而在後來娶了老婆生了個女兒的時候，正是他在鍾馗派的巔峰時期，因此他給女兒取了個名字「憶玨」，當然其實就是期待她未來可以跟自己一樣，成為新一代的醫生道士，並且記「憶」住鍾馗派最重要的口「訣」。

後來卻因為一起不幸的事件，導致陳伯退出鍾馗派，本來還以為從此就真的不會再跟鍾馗派有任何的牽扯。

結果後來因緣際會之下，陳伯認識了周遊台灣的呂偉道長。

兩人意氣相投，成為了莫逆之交，而這同時也打開了陳伯的心結。

在那之後，陳伯雖然不再是鍾馗派的道士，但是卻仍然跟鍾馗派保持著關係，而維繫這個關係的，正是呂偉道長與陳伯之間的好交情。

當然，讓女兒成為道士的想法，也再度浮現出來，於是陳伯請求呂偉道長，收自己的女兒陳憶玨為徒。

由於陳伯跟呂偉道長的交情，所以陳憶玨也算是從小在么洞八廟長大，對於廟裡的一切，都很熟悉，跟阿吉也稱得上是一起長大的好朋友。

只是當時呂偉道長已經收了阿吉為徒，本來就無心收徒弟的呂偉道長，確實也為此苦惱過。

後來終於經不起陳伯多次的請求，呂偉道長終於首肯，讓陳憶玨成為自己的弟子。

不過陳伯與呂偉道長想不到的是，對於這件事情，陳憶玨卻也相當的煩惱。

從小就希望憶玨可以跟自己一樣的陳伯，原本打算從小就開始教憶玨，一些關於鍾馗派跟醫學方面的東西，不過卻因為那起事件的關係，讓陳伯跟鍾馗派恩斷義絕，從此絕口不提。所以陳憶玨這邊，隨著自己父親陳伯的觀念改變，有很長一段時間，都沒有再接觸鍾馗派的東西。

後來雖然接觸了，不過興趣卻不在此。因此對於成為道士這件事情，陳憶玨顯得有點苦惱。

不過因為是陳伯拜託的，加上當時的呂偉道長已經名滿天下，並且被奉為國師，如果自己拒絕……似乎真的很不識抬舉，所以陳憶玨相當困惱。

從小因為兩家交好，所以也算是一起長大的阿吉與憶玨，當然也知道憶玨的苦惱。

十多年前這一天，陳憶玨又再度為了自己的未來，露出一臉痛苦的表情。

「妳是白痴嗎？」年輕的阿吉就是這麼直白。

「啊？」陳憶玨不悅地瞪了阿吉一眼。

「妳以為，」阿吉側著頭說：「師父很了不起嗎？」

「當然！」陳憶玨皺著眉頭說：「你這大逆不道的傢伙！」

「大逆不道嗎？」阿吉一臉無所謂地笑著說：「嘿嘿，這是師父自己說的啊！」

阿吉沉下臉，裝成呂偉道長的模樣說：「阿吉，我沒什麼了不起的。」

「師父自己說叫謙虛，」陳憶玨不以為然：「你這樣說自己師父叫做大逆不道！」

「嘖嘖嘖，」阿吉搖搖頭說：「妳這樣我很難做人耶！」

「啊？」

「對啊，」阿吉攤了攤手說：「說師父沒什麼了不起，是大逆不道，那師父說自己沒什麼了不起，我又說他很了不起，不就是不聽師父的話、不把師父的話當一回事嗎？妳這樣搞得我左右都不是人耶。」

「強辯。」陳憶玨白了阿吉一眼。

「妳要說我強辯我也是不反對啦，」阿吉懶洋洋地將雙手放到自己的腦後：「不過，我倒覺得師父說得很對。」

「什麼東西很對？」

「他沒什麼了不起的。」

「啊？你是認真的嗎？」

「不，聽我說，」阿吉正色道：「他在鍾馗派，是未來的希望，世界的明燈，我阿吉唯一的偶像，真心仰慕的英雄。」

阿吉停頓了一會，側著頭凝視著陳憶珏問：「但是，鍾馗派外呢？」

被阿吉這麼一問，陳憶珏愣住了。

「……他只是一個道士。」阿吉攤開手說：「就好像一家企業的大老闆，對他底下的員工來說，簡直跟神沒什麼兩樣，但是一旦那員工離職了，他可能連個路人都不如，只是個油頭垢面、禿頭又對員工很刻薄的王八蛋。」

陳憶珏傻住了，不過聽阿吉這麼說，似乎好像也有點道理。

確實離開了鍾馗派，甚至離開了道士界，呂偉道長不是什麼青春偶像，在很多人的生命裡甚至不知道有這麼一號人物，確實跟路人沒什麼兩樣。

「想要做什麼，」阿吉用手比著前方：「就去做吧！」

「真敢說，」陳憶珏嘟起了嘴說：「那你自己呢？不是說要當高中老師嗎？怎麼不去做？」

「我還是會去當的！」阿吉說：「不過我跟妳不一樣，夢想跟興趣是可以完美切割的。學這些，是興趣，當老師，是夢想的工作。哎呀，妳不懂啦！」

「嗯，」陳憶玨不以為然地點了點頭說：「我是真的不懂，人家都是想要把興趣當成工作，只有你不想。」

「我才不懂咧！」阿吉撐大鼻孔說：「我不懂為什麼要把興趣變成工作？」

「這才叫做樂在工作啊。」

「是喔？」阿吉做了張鬼臉說：「如果把興趣當成工作，那……不工作放假休息的時候，妳要做什麼？」

「嗯……就再找別的興趣啊。」

「然後等妳找到了又想把它變成工作？這樣不是沒完沒了嗎？」

陳憶玨愣了一下之後，笑著說：「哈哈，好像也是。看不出來，你有時候也挺深奧的。」

「那就是妳不懂啦，」阿吉一臉得意地說：「放浪不羈只是我的面具，帥氣深奧才是我的真面目啊。」

「不要臉才是你的真面目。」陳憶玨冷冷地說。

雖然這看似沒什麼意義的對話，當下也看似沒有做出什麼結論，不過在幾天之後，陳憶玨還是鼓起了勇氣，將婉拒加入鍾馗派的事情，告訴了呂偉道長與自己的父親陳伯。

雖然陳伯顯得很失落，不過還是接受了女兒的決定，而陳憶玨也成為了呂偉道長與阿吉無緣的徒弟與師妹。

不過在那之後，阿吉還是習慣性地叫她師妹，而陳憶玨總是會回稱他為假師兄，兩人之間的稱呼就是這樣來的。

3

阿吉緩緩地張開了雙眼。

熟悉的世界再度映入眼簾，腦海裡這一天的回憶迅速掃過自己眼前。

他看到了一張熟悉的臉，抓著自己的模樣，緊張的表情，然後……此刻那張臉的主人，就站在自己的面前。

「好久不見了，」阿吉苦笑：「師妹。」

月下的古廟後庭，陳憶玨就站在阿吉的面前，表情複雜地望著阿吉。

「假師兄，」陳憶玨皺著眉頭說：「你到底發生什麼事情了？為什麼會變成這樣？」

雖然說，從下午到阿吉清醒的這段時間，玟珊已經大概將事情經過，告訴了陳憶玨，不過還有很多事情，玟珊並不知道，只能問阿吉本人才會知道。

「唉，」阿吉嘆氣搖頭：「如果可以，真不希望讓妳看到我現在的樣子。那個先等等再說吧，妳應該有更重要的事情想要問我吧？」

「對，」陳憶玨沉下了臉：「我爸怎麼死的？」

陳憶玨的父親就是阿吉熟悉的陳伯，當時陳伯喪命的時候，陳憶玨並不在國內，因此喪禮也是阿吉一手打理的。

「對不起，」阿吉一臉歉意：「他是為了保護我的學生……」

在陳伯死後，阿吉也打過電話給陳憶玨，但是當時陳憶玨人在美國受訓進修，所以沒有辦法取得聯絡，最後阿吉只能一手打理陳伯的喪禮。

在陳憶玨完訓後，回到台灣，那時候的阿吉卻已經因為J女中的決戰關係，下落不明，因此兩人一直沒有取得聯繫，直到今天。

當然，陳憶玨有問過何嬤相關的事情，不過詳細的狀況，何嬤也不清楚，就連阿吉，當時的何嬤都認為阿吉雖然失蹤，不過應該凶多吉少了。

所以當陳憶玨問起阿吉的狀況，何嬤也據實以告，雖然名義上是失蹤，不過大概就是不在人世間了。

「不過……」陳憶玨一臉責備的表情：「你到底在搞什麼？為什麼明明還活著，也不跟何嬤說一聲？何嬤一直認為你死掉了，你這樣讓何嬤傷心對嗎？」

「妳見過何嬤了？」

「不只何嬤，」陳憶玨突然臉色一變：「也見過了你的寶貝徒弟。」

「妳那是什麼眼神？」阿吉冷冷地問。

「你那是什麼選擇？」陳憶玨臉上浮現一抹詭異的笑容：「你是看長相跟身材挑徒弟的吧？」

「當然不是……」阿吉白了陳憶玨一眼：「當時情況很緊急，我沒有多少選擇好嗎？」

雖然阿吉這麼說，不過陳憶玨的臉上堆滿了不信任的表情，畢竟兩人也算是一起長大的朋友，而且朝夕相處的機會很多，因此如果說陳憶玨是同輩中，最了解阿吉的人，真是一點也不為過。

畢竟與阿畢跟高梓蓉大部分時間都相隔兩地，陳憶玨可是陳伯的女兒，幾乎算是在么洞八廟長大的，每個禮拜見數次面，也是十分平常的事情。

「如果可以，我當然不希望任何人看到我現在的狀況。」

「所以你現在的狀況是……？」

「很複雜，」阿吉無奈地搖頭說：「很難解釋的，妳就當成腦子有洞好了。」

「你啊，」陳憶玨白了阿吉一眼：「老是這麼不正經。」

「現在嗎？唉，」阿吉無奈地嘆了口氣：「想不正經都難了。」

畢竟時間是那麼的有限，狀況又是如此的糟糕，真的會讓人連想要開玩笑的力量都沒有了。

「看過醫生了嗎？……會好嗎？」

「全世界可能會看這種症頭的人，」阿吉苦笑著說：「只有妳爸了，偏偏……」

確實在過去的這段時光之中，只要遇到各種疑難雜症，第一個想到的都是號稱「醫生道士」的陳伯。

「對不起，」講到了陳伯，阿吉又是一臉愧疚：「真的很對不起，如果我早點知道的話，或許陳伯……」

「不，」陳憶玨搖搖頭說：「我爸很小就跟我說過了，身為一個正邪不兩立的道士……終有這麼一天。不過，你可以好好解釋一下，鍾馗派發生什麼事情了嗎？」

「嗯，可以。」阿吉點了點頭：「當然……可以。」

或許，在阿吉的心中，終究會有這麼一天，陳憶玨會登門，問自己這個問題。

阿吉將當年J女中所發生的一連串事件，自己的學生如何一個接著一個遇到那些不祥的事情，然後最後發現幕後的兇手是阿畢與光道長為首的全鍾馗派道士，全部都告訴了陳憶玨。

當然，也包含那場壯烈與慘烈的J女中決戰。

對阿吉來說，那些在場的道士，都是同門前輩、師叔、師伯，相同的，對陳憶玨來說，也算是如此，所以特別可以感同身受。

「想不到，」陳憶玨一臉哀傷地搖搖頭說：「竟然會是這樣的情況……不過，唉，該怎麼說，我爸也算是吃過這些人的虧，所以我該說不意外嗎？」

陳憶玨這邊說的，正是當年她父親跟鍾馗派恩斷義絕的那件事情，也正是因為那件事情，讓陳憶玨小時候有一段時間，沒有與鍾馗派接觸。

後來是跟呂偉道長相識之後，才讓陳伯重拾對鍾馗派的信心，而也就是從那時候開始，陳憶玨才跟鍾馗派再有所接觸。

「不過，」陳憶玨說：「還是有點訝異，有那麼多人認同光道長，實在很難想像，明明在背後都是嘲笑他的人居多……口訣真的有這樣的魅力嗎？」

「妳好像是最不應該問這句話的人。」阿吉笑著說。

「啊？」

「妳的名字，」阿吉說：「憶玨、憶玨，不就是妳爸期許妳可以記住這些口訣嗎？」

「哈，」陳憶玨說：「也有另外一個解釋，我爸說的，就是跟鍾馗派，恩斷義絕的義絕啊……對於我後來沒有成為你師妹，我爸常抱怨吧？」

「嗯，」阿吉笑著說：「背法條跟口訣不是差不多？為什麼妳不肯咧？在喝了點酒之後，妳爸總會這麼說。」

「……我是個不孝女吧？」陳憶玨的臉上浮現出哀傷的神情。

這些年來，雖然不後悔做出這樣的決定，不過內心還是有點愧疚，沒能踏上老爸期許的那條路。

「不，」阿吉笑著說：「在妳考上特考的時候，妳爸啊，開心到把我們整座廟的人都拉到餐館去，請我們吃了很豐盛的一頓。」

阿吉想起當年的那個場面。

「那是我第一次看到陳伯跳舞，」阿吉說：「哈，不是很好看，真的……不好看。其實……他一直以妳為榮。」

說著說著，淚水就流下來了。

不管是阿吉，還是陳憶玨，對他們來說，一個是老爸，另外一個是非常尊敬的長輩，因此想起了他，還是讓兩人感傷。

而兩人之間的對話，也因此中斷了一陣子，等兩人都整理好情緒之後，陳憶玨想了一會。

「阿畢，真的連梓蓉都……？」

阿吉抿著嘴點了點頭。

「因愛生恨嗎？」阿畢愛著高梓蓉這件事情，陳憶玨早就知道了，因此才會這麼問。

阿吉聳了聳肩。

「想不到，我明明有跟梓蓉聊過……」陳憶玨感嘆。

「阿畢的事嗎？」

「嗯。」

「不過我覺得，」阿吉仰頭看著榕樹說：「不是什麼由愛生恨，雖然一直到今天，我還是不斷問我自己，到底是什麼改變了阿畢，或者是我打從一開始就搞不清楚狀況，但是我覺得，阿畢並不是……又或者應該說，並不只有這樣的原因。」

在陳憶玨接下了這個案件之後，最大的其中一個謎團，如今也算是解開了。

那些失蹤的鍾馗派道士，至少知道最後都在J女中決戰之中喪命。

不過對於屍體到底怎麼處理，又是由誰處理的，或許稍微推論一下，也可以想像得到。

與自己的師弟呂偉道長不同的是，光道長非常擅長於經營人脈，所以上到政府高層、下到全台灣的里長們，說不定多多少少都可以跟光道長有些關聯。

因此那些鍾馗派的道長，很有可能就是被這些人脈掩埋掉。

雖然調查一下，可能就可以水落石出，不過就算水落石出，結果似乎對現在的案情也沒什麼幫助。

「好，」陳憶玨說：「現在至少釐清一半最大的謎題，也就是鍾馗派那些人失蹤的原因，那麼現在的問題就在於，在J女中決戰之後，那些陸續死亡的前道士與關係人，又是怎麼一回事？」

當然，這個問題阿吉也沒有辦法回答。

因為在J女中的那一場決戰過後，他化成了一道流星，摔落在台南海岸的海面上。在那之後，就在醫院和鄧家廟裡生活，幾乎跟社會脫節。

不過，只有一件事阿吉非常肯定。

「總之，」阿吉說：「有一件事情是非常確定的，下手殺害小悅還有鄧廟公的人，肯定跟鬼王派或阿畢脫不了關係。換句話說，只有墮入魔道的鍾馗派道士，才有可能產生那樣的傷口。」

「嗯，有。」

「對，」陳憶玨說：「講到鬼王派，你知道現在的鬼王派還有傳人嗎？」

阿吉把幾天前的月下決鬥告訴了陳憶玨。

「你還真是會選徒弟啊。」聽到曉潔竟然保護了鬼王派的人，甚至不惜跟阿吉動手，讓陳憶玨冷冷地說。

「不過，在交手之後，我發現，鍾家續很有可能不是兇手，至少他不是。」

「怎麼說？」

「他的功力，沒到可以讓人爆腔的地步，頂多很不舒服，不過不會形成那樣的傷口。」

「會不會是扮豬吃老虎？」

「在我看來，他比較像是豬。」阿吉冷冷地說：「在那種情況下扮豬，是真的把自己變成豬。」

聽到阿吉這麼說，陳憶玨笑了出來，不過笑了一下就僵住了。

「等等，」陳憶玨說：「你說你徒弟跟那傢伙混在一起多久了？」

「應該至少好幾個月了吧，」阿吉說：「如果我看到的網路文章是真的，那麼至少將近一年。」

陳憶玨掐指一算，上次自己跟曉潔見面的時間，臉色瞬間變得鐵青。

「哇咧，」陳憶玨一臉不悅：「那丫頭居然騙我？」

阿吉不解，陳憶玨向他解釋，自己曾經問過曉潔鬼王派的事情，但是那時候的曉潔卻隱瞞自己認識鍾家續的事情。

看陳憶玨氣憤的樣子，阿吉也只能代替自己的徒弟，向陳憶玨道歉。

「算了，」陳憶玨揮揮手說：「只能說青春期的男女喔……」

阿吉聽了，也只能尷尬地聳聳肩。

「對了，」陳憶玨問：「你以前有對付過鬼王派的人嗎？對那個傷口有幾成的把握？」

「至少……」阿吉說：「阿畢傷害老高跟高梓蓉的傷口就是這樣，另外關於鬼王派傷口的事情，妳知道是誰告訴我的嗎？」

陳憶玨搖搖頭。

「就是妳爸，」阿吉說：「因為師父認為鬼王派的人，都已經身亡了，所以沒有跟我說太多關於鬼王派的事情，大部分關於鬼王派的事情，我都是從妳爸那邊聽來的。」

陳憶玨苦笑點點頭。

因為除了那段跟鍾馗派決裂的時光之外，其實陳伯對於鍾馗派真的是又愛又恨，常常跟陳憶玨說些鍾馗派的事情，這也算是陳伯的一種壞習慣。所以抓到阿吉就說些鬼王派的事情，似乎也是可以理解的事情。

「我知道你可能很不想回想這件事情，」陳憶玨接著問：「不過我還是需要問一下，阿畢那邊呢？他有弟子嗎？」

畢竟除了鬼王派之外，墮入魔道的鍾馗派也有這樣的力量，因此陳憶玨想要藉此釐清。尤其阿吉擁有過人的記憶力，問他跟查電腦，說不定阿吉知道的還比電腦多。

「有兩個準弟子，」阿吉說：「就是入門前還在觀察期的，不過他們兩個都在J女中……」

「那其他人呢？」陳憶玨說：「有沒有任何人選擇跟阿畢一樣的路？」

「就我所知，」阿吉說：「現在鍾馗派已經真的沒有人了。唉，我真的是……千古罪人啊。」

「你那時候可以控制嗎？」

「不行，」阿吉搖搖頭說：「不過我也想過……如果當時我乖乖交出口訣，會不會一切都不會發生，他們不會利用學生做出那些事情，我也永遠不會用那個禁忌的招式，然後我現在還在當女中導師。」

「最後那句才是重點吧？」阿吉白了陳憶玨一眼。

可是從阿吉的表情看起來，陳憶玨也知道阿吉說的是認真的，他是真的這麼想過。

「我曾經經手過一個案子，」陳憶玨說：「一個有錢人家的小孩被綁架，最後小孩被撕票，看到小孩的屍體時，那個富翁問了跟你一樣的問題。」

「嗯？」

「他說，」陳憶玨說：「會不會，如果他不是那麼有錢，他的孩子就不會死了？」

阿吉聽了抿著嘴。

「你忘記師父最愛說的那句話了嗎？」即便最後不能成師徒，不過陳憶玨習慣上還是會稱呂偉道長為師父。

「義無反顧，」阿吉一臉不悅：「他奶奶的，真是深奧的一句話。」

不過阿吉也知道在一片黑暗之中，真的看得到的，也只有這句話。

畢竟，人終究沒有辦法預知未來，參透所有一切可能的因果，透析所有的蝴蝶效應，在面臨抉擇時刻，不知道該何去何從之際，就是這句話，帶著不管是阿吉、曉潔、陳憶玨等人，一步步走向前，卻渾然不知前面是深淵抑或天堂。

「對於這句話，」阿吉說：「我想……我也有了我自己的一句話了，就是接在這句話之後的。」

「什麼？」

「義無反顧，」阿吉說：「才能問心無愧。後悔但無愧，這也是我現在唯一還有力量活下去，最大的原因。」

「你能這樣想當然是最好了，」陳憶玨說：「不過你要小心。」

「小心什麼？」

「我看過很多兇狠的犯人，」陳憶玨笑著說：「他們犯下很多令人髮指的罪刑，也是問心無愧。」

「去妳的。」阿吉白了陳憶玨一眼：「不過，說不定我那寶貝徒弟，現在就是這麼想。」

一想到自己因為時間緊迫，沒辦法好好解釋就動手這件事情，阿吉確實有點歉意。

「唉，真是難為她了。」阿吉說。

「不難為！」陳憶玨板著臉說：「那個當面欺騙我的臭ㄚ頭。」

「哈哈哈，」阿吉笑著說：「下次如果見到，我可以幫妳好好罵罵她。先跟她道歉，然後好好罵她。」

聽到阿吉這麼說，陳憶玨無奈地搖搖頭，不過腦海裡浮現的是當年最常出現的畫面。

阿吉闖了禍，被何嬤拎到師父面前，想不到呂偉道長對阿吉的處置，對何嬤來說，都是太過輕放，導致何嬤每次臉色都極度扭曲。

何嬤總是說，呂偉道長的缺點就是太寵阿吉了。

不過，從現在這個角度來看，或許寵也不是件壞事，至少阿吉到頭來，真的不是個會讓自己師父蒙羞的人。

阿吉算是不辜負自己的師父，那……那個丫頭呢？

「你相信她嗎？」陳憶玨問。

「相信，」阿吉說：「但是我懷疑的是自己。」

「啊？」

「經過阿畢的事情之後，」阿吉說：「我已經不是很相信自己了，至少在看人這方面。」

「……我了解。」

「師父已經提醒過我關於阿畢的事情了，」阿吉浮現出苦瓜臉：「但是我……我答應過師父，如果阿畢走偏了，我會親手把他拉回來，但是我沒做到，我連注意都沒有注意到，這點……就連梓蓉都比我好。」

阿畢這件事情，如果要說這個世界上還有人了解阿吉心中的痛，可能就只有陳憶玨一個人了。

兩人的好交情，從小陳憶玨就看在眼裡。

陳憶玨拿出自己的包包，打開皮夾，裡面有張照片。

「你記得我國中畢業那年暑假嗎？」陳憶玨將照片拿到阿吉的面前。

「記得。」

這張照片，說什麼阿吉都不可能忘。

看著這張熟悉的照片，回憶也立刻湧現在阿吉的腦海之中。

※

那年頑固廟進行大整修，所以住在廟裡的弟子，不得不暫時搬離。

頑固老高帶著阿畢、梓蓉上來北部過暑假，迎接他們的正是阿吉跟陳憶玨。

四人在那段時間，一起度過了一段美好的時光。

而在暑假的最後，為了留作紀念，頑固老高提議，四人一起拍張大合照。

「站好喔，」頑固老高拿著相機說：「要拍了，阿吉啊……你就不能正常拍一次照嗎？阿畢！不要學阿吉！站好！」

在頑固老高的叫喊聲中，阿吉跟阿畢兩人仍然在那邊鬧，半天了還沒辦法照。

「快點啦，」頑固老高無奈地催促著：「你們這些未來鍾馗派的希望。」

「哇，」阿吉聽了立刻裝模作樣地說：「都這麼說了，那就應該要好好帥氣地給他拍一張了！」

「噁不噁，」高梓蓉白眼阿吉：「你以為在說你嗎？我爸是在說我！」

雖然兩人鬥著嘴，不過阿吉還是停止了胡鬧，一臉認真地看著鏡頭，其他人也擺好姿勢，掛上笑容。

而就在頑固老高按下快門那一瞬間，阿吉還是擺了搞怪的姿勢，陳憶玨看了大笑，阿畢一臉被阿吉陰了的模樣，高梓蓉翻白眼。

這張照片完美地捕捉了四人當下的怪模樣，也真實地展現了四人年輕時候的反應。

因此這張照片，每個人都保有一張。

而這張也是阿吉這輩子，最珍惜的照片之一，不，不只阿吉，就連陳憶玨也把它放在自己的皮包之中，隨身攜帶著。

※

只是如今，照片中的四個人，都沒讓鍾馗派發光發熱，反而……

「……未來鍾馗派的希望嗎？」看著陳憶珏的照片，阿吉紅了眼眶。

「只剩下你了，」陳憶珏淡淡地說：「還背負著這個千年的大包袱。加油吧！如果可以，我希望你明天，可以來局裡一趟。還有些事情，我需要你幫忙。」

「妳……不逮捕我嗎？」阿吉沉著臉說：「我終究還是……」

「嗯，」陳憶珏點了點頭說：「然後寫報告說，你踏個幾步，一百個人就爆頭而亡？還是說，是鍾馗祖師下凡動手的？你是希望我被開除嗎？」

阿吉苦笑。

「過去的那些，」陳憶珏說：「我們晚點再說吧，眼前還有那幾起命案的兇手逍遙法外，這才是我們應該追查的對象。」

阿吉點了點頭。

「明天，」陳憶珏說：「我希望你可以來局裡一趟，我們約下午吧，有些事情，需要你的幫忙……怎麼了？」

「我的……狀況。」阿吉尷尬地說。

「喔，對！」陳憶珏拍了拍手說：「對不起，我忘記了，那傍晚好了，你們可以先來，然後等你醒了之後，我們再談。需要找個可以照到月亮的地方嗎？」

「如果可以的話。」

「那就屋頂吧，」陳憶玨說：「唉，傍晚讓玟珊帶你來吧，其他的我們會處理。」

阿吉點點頭。

「振作點吧！」陳憶玨拍拍阿吉的肩膀：「假師兄。」

4

由於稍早之前陳憶玨因為見到名義上失蹤中的阿吉，太過於激動的原因，所以有很多跟案情相關的事情，還沒有完全跟玟珊釐清，加上還需要跟玟珊確定一下明天約到局裡去的事情，所以陳憶玨離開之後，又去找了玟珊。

而阿吉則留在後院，享受這難得的清閒時光。

這陣子有太多的事情，加上自己醒來的時候，等待解決的事情又太多，所以有這樣的時光，讓阿吉自己都覺得有點難得。

只是雖然難得有這樣的空閒時光，但是阿吉的心情卻靜不下來，畢竟剛剛從陳憶玨那邊知道了更多關於案件的情況，讓阿吉的情緒仍然有點躁動。

阿吉仰望著榕樹，遙想著當年，自己的師父在這棵樹下，跟光道長一起練功時的景象。

對阿吉來說，過去師父在這裡的時光，一直都是個謎。因為師父不愛提，而阿吉不喜歡任何自己師父不喜歡的東西，所以也鮮少問起。

但是現在，阿吉也不知道為什麼，心頭總有些許的不安。

鬼王派……已經不存在了。

呂偉道長曾經這麼告訴自己，不過現在，阿吉親眼看到了鬼王派的傳人。

就阿吉所了解的師父，對於自己沒有把握的事情，不太會這樣說。

如果師父這麼說，大概只有兩個原因，一個就是有人欺騙了師父，另外一個就是……師父有不得不這麼說的原因。

如今，在見到了鍾家續之後，阿吉就知道，鬼王派的這件事情，似乎並不像是自己所想的那樣。

因此，站在樹下仰望著榕樹的阿吉，感覺到鬼王派的這件事情，很有可能跟呂偉道長絕口不提的那些過去，有些關聯才對。

會這麼想，不是沒有原因的，阿吉想起了過去曾經問過師父，關於人逆魔的事情。

※

「師父啊？」年輕的阿吉這麼問過呂偉道長：「你有對付過人逆魔嗎？」

「有。」呂偉道長回。

「喔？」年輕的阿吉說：「是鬼王派的嗎？」

會這麼問，最主要的原因就是如果是過去的年代，修行者眾，入魔者多，人逆魔絕對不是只有侷限在鬼王派的人，不過到了現在這個年代，幾乎所有人逆魔都是鬼王派居多的情況之下，這樣的疑惑是很理所當然的。

呂偉道長沉默了好一陣子之後，淡淡地說：「不是，鬼王派的人，已經不存在了……」

※

當時的呂偉道長，確實這麼說。

不過，現在想起來，在回答之前，那段沉默到底是怎麼回事呢？

師父當然不可能老人痴呆到記不得自己打倒過的人逆魔是誰，而且到了現在這個時代，其實人逆魔並不多。

因此，阿吉回想起來，確實感覺到事有蹊蹺，這時一張恐怖的臉孔，浮現在阿吉的腦海之中。

如此想著的阿吉，仰望著榕樹，身後傳來了一個熟悉的聲音。

「這棵榕樹，一年比一年瘦了。」

阿吉回過頭，年邁的伯公走到了後庭，來到了阿吉身邊。

「看樣子應該跟我一樣，很快就要走了吧。」伯公笑著說。

「別這麼說，伯公。」阿吉說。

「你師父啊，」伯公笑著說：「以前最喜歡纏著我，要我說鍾九首的傳奇給他聽。」

「嗯，我聽師父說過。」阿吉點了點頭說：「伯公，師父最喜歡哪一段？」

畢竟鍾九首傳奇眾多，如果是天橋底下說書的，就算說上一個月都不算誇張。

「哈哈，」伯公果斷地說：「當然是府城七決那一段啊！每隔幾個月，就要我重說一次。」

俗諺說，少不看水滸，老不看三國。

因為水滸多為血氣方剛的故事，少年人讀了難免熱血，三國則是老謀深算的計略，年老的人讀了容易變得陰險。

不過這只是在形容這兩部作品的特色，事實上血氣方剛是血性，不需要讀水滸也會如此。

但是，人總是喜歡聽些，自身比較缺乏的特性的故事。

呂偉道長喜歡聽鍾九首的故事，或許就是因為從小就比較瘦小，總是給人文質彬彬的感覺，缺乏霸氣，因此對被稱為海賊道長的鍾九首，有著相當大的憧憬。

府城七決是鍾九首傳奇中，比較接近結尾的一段傳奇故事。

※

那時候的鍾九首，已經跟鄭成功完成了掃蕩台灣的工作。

一日，兩人走在城下的時候，鍾九首突然停下腳步。

「兄弟，」鍾九首對一旁的鄭成功說：「請你先退避一下。」

兩人在年輕時一場與海賊的大戰之後，就燒了黃紙成了結拜兄弟，因此兩人之間都是互稱兄弟。

長年的並肩作戰，讓兩人之間默契極佳，因此即便鍾九首什麼都沒有說，鄭成功也知道發生什麼事了。

鄭成功挑眉：「又來了啊？」

鍾九首點了點頭。

鄭成功無奈，只好向旁邊走了幾步，然後在路旁找個石階坐了下來。

想不到鄭成功只離開了幾步，鍾九首笑道：「兄弟，這好像不是退避。」

「避個屁，」鄭成功揮揮手說：「當然先找個好位置看一下啊。」

鄭成功說完，仰頭看向後方，對著空無一人的巷弄叫道：「刺客，出來吧，都被人發現了還在那邊裝模作樣。」

話說完之後，過了一會，一個身影從一旁跳了出來。

「你就是鍾九首嗎？」那男人指著鍾九首問。

「如果讓你知道答案，」鍾九首冷冷地說：「我們兩個就只有一個人可以離開，你願意嗎？」

「當然，」男子一臉傲然：「因為離開的會是我！」

「你知道，」鍾九首說：「你是第十七個這麼說的刺客了。」

「十九！」一旁的鄭成功叫道：「兄弟，你記性有點差。」

聽到鄭成功這麼說，鍾九首淡淡地笑了笑，然後轉向男子。

「是的，」鍾九首說：「我就是……」

話還沒說完，鍾九首身形一閃，以近乎鬼魅的速度，掠過了刺客的身邊。

「……鍾九首。」鍾九首動作停下來的同時，補上了這句話。

話說完，刺客也已經軟倒在地上。

「然後，你是第二十個！」鄭成功拍手叫道。

就像這樣，在鍾九首曝光之後，鬼王派靠著自己的勢力，派了幾個殺手，前去想要刺殺鍾九首，但是這幾個殺手，陸續被身手非凡的鍾九首擊退。

「功夫了得！」大概就是鍾九首最大的特色。

從小就在海上生活的鍾九首，因海賊生活，造就他強大的戰鬥力，也被稱為鍾馗派史上最強的武學大師。

鬼王派雖然逐漸失勢，但是面對這個最後傳人，也是傾盡全力，散盡家財。

在數次派出刺客都沒能奪走鍾九首的性命之後，鬼王派的當家，花了一大筆錢找來了當代最強的武學大師，一共七人，一起襲擊鍾九首。

這便是鍾九首傳奇中，最震撼人心的「府城七決」。

在台灣的台南，鍾九首一人陸續與這七人決鬥，打敗了七位當代的武學大師，也為自己留下了一個不朽的傳奇。

只是……最後仍然死在鬼王派一個長達三年的陰謀下。

※

所以府城七決的故事，堪稱是鍾九首傳奇中，最讓人熱血沸騰的篇章。

「想不到，」阿吉說：「師父最喜歡的會是這麼熱血的故事。」

「哈哈，」伯公笑著說：「愛得很呢，不說還會鬧脾氣。明明故事都已經可以倒背如流了，還是要我說。」

阿吉臉上先是一抹微笑，然後笑容緩緩地僵了。

看到阿吉的模樣，伯公也知道，這是因為想起了呂偉道長已經不在人世，內心激起的緬懷之情。

「小吉啊，」伯公語重心長地說：「你……會不會恨你的師父？」

聽到伯公這麼問，阿吉愣了一下說：「怎麼可能？」

「嗯。」伯公欣慰地點了點頭。

「為什麼這麼問？」阿吉不解。

「因為，」伯公指了指榕樹：「最後一次見到阿偉，就是跟你一樣，站在這棵樹下，然後對我說，希望未來阿吉不會恨我。」

當然，呂偉道長何出此言，伯公不知道，阿吉更不知道。

仰望這棵榕樹，阿吉感覺一切就好像回到了起點，現代鍾馗派的起點，鍾馗派起死回生的起點。

當年混沌未明的鍾馗派，兩個希望的種子在這邊練功，然後踏出大門，讓鍾馗派的招牌，再度綻放出光芒。

接著，在這兩人與劉易經的出現之下，鍾馗派又再度看到了燈塔，指向一個值得航行的方向，結果……

此刻阿吉站在這裡，鍾馗派的一切，就連弟子也算進來，恐怕也不過自己、曉潔和玟珊，三個人而已。

千年的流派，正如出師表中所說的處於「危急存亡之秋」。

想到這裡，阿吉才真正體會到自己原來背負著這麼沉重的重擔。

此刻的鍾馗派，就在自己的一念之間了。

問題是，阿吉還不清楚，自己到底該怎麼做。

該不該從此隱姓埋名，像無偶道長一樣弄間小廟，然後細心地栽培種子，再為鍾馗派孕育出出色的下一代，將這重擔交給他們？

還是，挺身而出，撥開雲霧見青天，找到幕後的黑手，將他擊退之後，將一切託付給曉潔等人？

義無反顧，確實是指引著阿吉最終方向的明燈。

但問題是，此刻的阿吉真的有點疑惑，到底何謂義？

看著大樹與天上的明月，阿吉感覺到自己的眼前，真的是茫茫的未來。

而就在這麼想的同時，阿吉的意識也跟著墮入那無止境的黑暗之中。

第5章・黃金世代

1

么洞八廟的會客室之中，鍾家續、曉潔與亞嵐三人就面對面坐在沙發上。

不過就是跟何嬤講一下關於阿吉還活著的事情，還有希望何嬤可以居中協調，至少讓阿吉願意跟自己好好談一下，怎麼回來之後，就看到極度混亂的鍾家續。

與昨天晚上相比，此刻的鍾家續似乎更加震驚。

問了亞嵐之後才知道，原來只是看了呂偉道長的照片，就讓鍾家續差點暈倒。

眼看鍾家續受到的打擊大到幾乎說不出話來，兩人沒辦法，只好帶他來到了這間會客室，讓他先回復一下心情再說。

當然，鍾家續會如此，真的就只是因為看了呂偉道長的照片，光是這樣，就讓鍾家續真的混亂了。

在看到了呂偉道長的相片之後，讓鍾家續原本認知的很多事情，邏輯上都無法連貫，才會陷入這極度混亂的狀況。

不管從任何角度來說，呂偉當年確實親眼看到自己，在公園裡練習逆魁星七式。

當然，鍾家續可以想成，或許，真的是或許，呂偉道長只是剛好路過，看到了自己，又或者是他想要等看看會不會有長者來接自己，所以那些日子沒有對自己出手，一直到錯失良機。

鍾家續的父親，由於行動不便的關係，所以幾乎可以說是足不出戶。

不過這個假設連鍾家續自己都覺得勉強到不行，因為如果真的是這樣，呂偉大可以跟自己回家，那時候的自己就是因為缺乏警覺心，才會在公園練功，如果呂偉真的尾隨自己回家，絕對可以發現自己的家在哪裡。

事實上，鍾家續是因為隨著年紀增長，逐漸了解事態的嚴重性，才慢慢徹底執行家規，在那之前年幼的鍾家續，真的沒有意識到這點。加上鍾齊德行動不便，因此才會讓鍾家續肆無忌憚在外面練功，不用擔心被責罵。

因此只要任何一天，呂偉跟著自己回家，就會循線找到自己的家，然後……

所以這個假設，真的很牽強。

如此一來，就只剩下一個原因了。

那就是打從一開始呂偉就知道自己的存在，也知道自己的家。他出現在那個公園，並不是偶然，就是為了接近自己。

可是這樣一來，就更讓鍾家續不能理解了，他是呂偉，那個殺人不眨眼的大魔王。

為什麼會放過自己？更有甚者，不只有放過自己，就連自己的老爸，他也沒出手。

都已經跟到這裡了，目的當然除了殺人滅口之外，別無他想，因此就算讓鍾家續想破腦袋，都覺得不合理啊。

自從看了呂偉道長的相片之後，鍾家續感覺自己長久以來建立出來的許多東西，正在逐步崩毀。

他需要見見自己的父親，因為這個資訊，還有阿吉的事情，他需要跟父親說一下，也需要好好詢問一下，關於那年發生事情的真相。

因為，現在的自己真的不知道該相信誰了。

當年，到底發生了什麼事情？

過了好一陣子之後，鍾家續才逐漸恢復冷靜。

好不容易等到了鍾家續恢復冷靜，兩人當然問起了原因。

沉默了一會之後，鍾家續將過去自己在公園練功，見過呂偉道長的事情，告訴了兩人。

雖然說兩人聽完了之後，對於鍾家續跟呂偉道長原來早就見過面這件事情，感覺到驚訝，不過震驚的程度，遠遠不如鍾家續。

然而只要兩人稍微想一下前因後果，也可以理解鍾家續會如此驚訝的原因。

畢竟這個呂偉道長就是重創鍾齊德的元兇，一路追到了鍾家續家附近，還跟鍾家續有見過面，不管怎麼看都還是會讓人毛骨悚然。

但是，這樣的會面竟然沒有血腥殘忍的結局，確實也讓人覺得似乎邏輯上有點不通。

「會不會其實呂偉道長只是見過你爸，」亞嵐說：「傷害你爸的人，根本不是呂偉道長？」

聽到亞嵐這麼說，曉潔使了使眼色，要亞嵐別說了。畢竟鍾家續現在的狀況，再刺激他絕對不是件明智的事情。

不料鍾家續聽了只是緩緩地搖搖頭，然後用有氣無力的聲音說：「我……不知道。」

就好像鍾家續找不到呂偉放過自己的原因，鍾家續也同樣找不到父親鍾齊德會欺騙自己的原因。

這才是鍾家續會如此混亂的原因。

當然，面對鍾家續的混亂，不管是曉潔還是亞嵐，都沒有辦法幫忙釐清。

「……問題或許就在這裡。」亞嵐突然這麼說。

「什麼問題？」曉潔問。

「你們兩個，」亞嵐說：「都各自聽了自己長輩的話，不過現在很明顯，雙方有些東西兜不攏，我在想……要不要你們兩個先屏除己見，客觀地把雙方所知道的事情說清楚，雖然不見得可以釐清什麼，不過或許我們可以找到一些比較關鍵的地方，至少心裡也可以有個底，這樣才知道我們到底該從哪個地方著手，把事情釐清楚，不是嗎？」

兩人聽了亞嵐的話之後，互看了一眼。

確實，不管是襲擊鍾家續父親的人到底是不是呂偉，而呂偉明明知道了鍾家續的身分為什麼放過了他，還是為什麼阿吉要襲擊鍾家續，這些有些當事人或許想不明白，但是透過交叉的證詞，或許可以找到一點蛛絲馬跡也說不定。

更重要的是……除了這個方法之外，三人也實在想不到什麼好辦法。

所以，也只能接受了亞嵐的建議。

曉潔與鍾家續盡可能用不帶有太多情緒的狀況，將自己所知道的事情，互相說了出來。

2

大約二、三十年前，一部可以說幾乎改變了足球史的漫畫誕生了，相信很多六、七年級生，對這部漫畫恐怕完全不陌生，那就是《足球小將翼》。

這是部在描寫以大空翼這位少年為主的小學生們，一步步學習著足球，並且帶領著日本取得世界冠軍的故事。

而在這部漫畫裡面，把以主角大空翼為首的這些足球選手，稱為「黃金世代」。

同樣出色的人才，出身在同一個時代，多半都會有類似的稱呼。

像是現實生活中的日本棒球經過了「松坂世代」、「手帕王子世代」等等，而美國職籃NBA則有所謂的96黃金梯，都是指同一世代之中，擁有許多出眾的選手，因此得名。

而如果將這個黃金世代的概念，套用在鍾馗派的身上的話，那麼呂偉道長這一代，恐怕真的可以用「黃金世代」來形容。

在後來連曉潔都知道的「鍾馗經緯」，也就是劉易經跟呂偉兩人之前，還存在著光與偉的時代，那是指光道長跟呂偉道長這兩個師兄弟逐漸嶄露頭角的時代。

曾經光與偉兩人被視為鍾馗派的希望，有人甚至斷言，鍾馗派會因為兩人而徹底改變他們的面貌，成為天下第一大派，只是這個時代，卻因兩師兄弟決裂而告中斷。

不過翻開人類的歷史，正所謂時勢造英雄，幾乎所有英雄的出身，都是在混亂的時代，也只有這樣的時代，才需要宛如燈塔般引導大家前進的「英雄」。

不管是光與偉，還是鍾馗經緯，都是被寄予這樣的厚望而產生的「英雄」。

雖然說，在清朝大戰之後，鍾馗派又再度躍上歷史舞台，回到了正統的位置。

不過原本就是因為積弱不振，才會分裂出鬼王派，最後甚至敗給了鬼王派之後，過著四處流竄的日子。

能夠在清朝大戰之中取得最後的勝利，靠的都是鍾九首的死亡，所凝聚出來的力量。

這股力量，從「九首歸鄉」這個典故之中，可以略知一二。

相傳鍾九首在台灣，被鬼王派的人暗殺，從小就跟著海賊四處流浪的他，不曾返鄉。因此他的後人，也就是北派的鍾馗派傳人們，不顧危險與可能被襲擊的風險，決定將鍾九首的大體，送回他的故鄉安葬。

他們從台灣出發，準備一路回到鍾馗祖師的故鄉。

啟程之際，只有北派的七人。一路搭船穿越台灣海峽，最後抵達了鍾馗祖師的故鄉。沿途許多鍾馗派的道士，紛紛加入這返鄉的行列。他們不分東南西北派，所有人都為了送這位鍾家本家的血脈最後一程，冒著暴露行蹤的風險，加入送鍾九首返鄉的行列。最後抵達鍾家故鄉之際，人數已經超過千人。而這股力量，最後也成為清朝大戰的主力，為鍾馗派贏下這最精采的戰役，這便是鍾馗派的典故——九首歸鄉。

然而，雖然贏得了這場清朝大戰，卻半點也沒辦法阻止鍾馗派的衰敗。

贏得大戰的鍾馗派，召開了一場相隔數百年後的道士大會，在那場道士大會之中，各派之間的隔閡仍然存在，最後幾乎也是在吵鬧之中落幕。

雖然短暫的團結，共同對抗打贏了鬼王派，但是長年以來的問題，卻仍舊沒有解決，鍾馗派仍然陷入四分五裂的局面。

在那一次的道士大會之中，不但更加深了各派的裂痕，就連原本應該歸北派的鍾馗四寶，也被分成由四家分開持有。只是這也只是名義上的情況，畢竟鍾馗四寶那時候，已經被鍾九首遺失在台灣各處。

在道士大會之後，鍾馗派仍舊維持著分裂的狀況，一直到政局紛亂，四派輾轉都來到了台灣，並且在現在的頑固廟落腳，鍾馗派才再度合而為一。

不過雖然共同生活在頑固廟中，但是時間並沒有持續太長，北派率先帶領著弟子北上，目的就是為了想打撈已經確定沉沒在劍潭潭底的鍾馗寶劍。

至於其他各家，也隨著自己的想法，西派來到了台灣中部，而東派則朝台灣東方而去。四派又開始各自為政，在台灣的四個角落各自開花結果。

維持著分裂的狀況，或許就是鍾馗派打從一開始，逐漸衰落的主因。

北派這邊有很長一段時間，在劍潭附近不斷打撈著鍾馗寶劍，直到無偶道長的師父那一代，才因為找回鍾馗寶劍而告一段落。

雖然在找回鍾馗四寶這方面，邁出了一大步，不過實際上北派的狀況，並不比其他派好。慘澹經營，家道中落，這是不管哪一派都必須面對的問題。

或許完全不需要鬼王派與內鬥，口訣散失大半、威力大不如前的鍾馗派，光是靠時間就可以將它慢慢淘汰。

各派之間不要說內鬥了，就連聯絡都沒有，各自想盡辦法生存下去。

按照阿吉的說法，那段時間幾乎可以稱為鍾馗派最黑暗的時代。

而就在這樣的時代之中，一道曙光出現了。

正如那人的名字有個「光」字一樣，他的出現為鍾馗派帶來了一線希望。

那人正是呂偉道長的師兄，光道長，而也正是從那個時候開始，大家都稱呼他為光道長，就是這樣來的。

他劃時代的能力，讓當代的鍾馗派有了景仰、追隨的對象。

而更讓人覺得不可思議的是，就連他的師弟，也跟他一樣，不，甚至比光道長還強大，他就是後來被人稱為「一零八道長」的呂偉道長。

兩人的出現，宣布了鍾馗派正式進入光與偉的時代。

雖然光與偉的時代，在他們的師父無偶道長死亡之後，正式宣告結束，為期並不算長，但是這段時間之中，南部又出現一個天才——劉易經。

而劉易經的出現，也悄悄宣布另一個時代的開始，那就是後來的鍾馗經緯的開端。

只是不管是誰，作夢也沒有想到，在多年之後，劉易經竟然會墮入魔道，成為鍾馗派的一場惡夢，引發所謂的「易經之禍」。

而在那之後又過了多年，鍾馗派所期許最後一個可以帶領眾人的呂偉道長，也跟著離世。走投無路的眾道士們，不甘心曙光就這樣被剝奪。

由儉入奢易，由奢入儉難，都已經看到了希望，卻因為呂偉道長的離世而再度得要被迫回到黑暗之中，當然讓人無法接受。

尤其是當道上一直傳聞，呂偉道長其實有自創或補足的口訣，讓鍾馗派的道士們，更加難以接受。

於是，一場幾乎全派都參與的陰謀，就這樣展開了。

由過去曾經風光一時，但是後來黯淡無光的光道長為首，脅迫呂偉道長徒弟阿吉。

最後不願意交出口訣的阿吉，與全鍾馗派在J女中進行了一場血戰。

而這場大戰的結果，讓鍾馗派幾乎付之一炬，只剩下曉潔一個人。

只是想不到過了兩年多之後，原本在大戰之後失蹤的阿吉，又再度出現在曉潔面前。

這一次，阿吉的目標是鍾家續。

這大概就是近期鍾馗派的歷史。

當然，曉潔這邊知道的並不詳細，畢竟當時時間真的很緊迫，阿吉根本沒有時間好好把這些歷史告訴曉潔。

只能說一些很簡略的東西，什麼十二門時代，海賊道長鍾九首這些精采又傳奇色彩濃厚的故事，只能忍痛割捨。就連光道長只能簡單地說，也是個不簡單的道長。因此曉潔這邊知道的，十分有限。

只有大概知道，所謂的上上一代，也就是呂偉道長那一代，確實有人才輩出的感覺。除了光與偉之外，還有一個搞出「易經之禍」的大道長，劉易經。

在聽到曉潔說劉易經的事情時，很顯然從沒聽過這些的鍾家續，瞪大了雙眼，露出好像覺得很有趣味的表情。

或許是因為本家到頭來還是有人，踏上鬼干派之路，讓他感覺到欣慰吧？

看著鍾家續複雜的表情，亞嵐心中這麼想著。

而J女中決戰的事情，曉潔並沒有詳細交代過程，只提到最後的結果，至於中間過程中阿吉以一敵百以及最後的真祖召喚等過程，都沒有提到。

J女中決戰最後的結果，雖然讓鍾家續感覺到驚訝，畢竟想不到這一場決戰竟然會讓鍾馗派所有人都命喪其中，不過鍾家續也發現，對照時間剛好是自己就讀高二那年的寒假。

「……原來如此。」

鍾家續終於明白，當年禁令解除的原因了。

因為老爸得知了這件事情，判斷鍾馗派的人都死光了，所以才會解除禁令。

原來老爸一直都有關注本家的情報，所以老爸才會知道J女中的決戰，進而判斷自己已經沒有危險了……

可是，現在回想起來，有種螳螂捕蟬、黃雀在後的感覺，本家也早就找到自己與老爸了，至少，呂偉就找上門了。

而另外一方面，透過講出自己所了解關於鍾馗派的事情時，過去J女中的回憶也湧上心頭，尤其是當年的阿吉。

就曉潔的了解，阿吉很明理，不應該會做出這樣的事情。

雖然他有踩老奶奶頭的不良紀錄，不過那是因為老奶奶是鬼化身的，總之不管阿吉做出什麼脫序的行為，多半背後都有他的原因與目的，不太可能無緣無故就這樣亂打人。

所以阿吉會襲擊鍾家續，按理說也一定有他的原因，可是那死傢伙就跟過去一樣，什麼都不說，讓自己好像個白痴一樣……

至於無偶道長的事情，阿吉不清楚，曉潔當然也不可能會知道，不過光是呂偉道長這一代，他的師兄光道長跟劉易經等人，都是不可多得的大道長。這點曉潔倒是很清楚。

鍾馗派的狀況，大致上就是如此。

簡單來說，近代的鍾馗派就是因為出了幾個很出色的人物，所以才會又有種起死回生的感覺，不過到頭來卻像是迴光返照，這些曙光都是稍縱即逝。

而鍾馗派如此，鬼王派也有類似的狀況。

清朝之役，在敗給了鍾馗派之後，鬼王派開始了他們最黑暗的一段時光。

跟元朝失敗的本家一樣，鬼王派各家四處流竄，躲避著仇家與本家。

後來到了戰亂時期，各家保命都來不及了，這種追殺的行為才逐漸趨緩。然而即便少了追殺，各家仍然面對著生存的困境，他們大部分也跟本家一樣，流浪到了台灣，最後在台灣定居。

不過這一切在傳到了鍾家續的爺爺這一代時，事情似乎有了點轉機，更正確一點的說法，應該是到了鍾家續曾祖父的那一代，事情有了些變化。

據說鍾家續的曾祖父，本身就是個非常強大的道士，唯一比較可惜的就是死得太早。不過鍾家續的爺爺，一點也沒有讓自己的父親失望，他成為了號稱鬼王派史上最強的一個傳人。

或許是藝高人膽大，也或許是看準了當時的本家已經沒有太大的威脅，鍾家續的爺爺作風不算低調，因此也常常有仇家與本家找上門。

但是不管是誰，都不是鍾家續爺爺的對手。

因此鍾家續的爺爺要說是繼鬼王派的開山祖師之後，最強的鬼王派傳人，一點也不為過。

如果不是當年肅清叛徒時，被呂偉道長襲擊身亡，或許今天的鬼王派會有完全不一樣的風貌，趁勢浮出檯面也不是不可能的事情。

如果從今天的角度看起來，當年那場肅清叛徒的戰役，真的就是壓垮鬼王派的最後一根稻草，更是鬼王派最後一次希望之光被本家熄滅。

那一戰不但讓爺爺死亡，更重創了下一代的鍾齊德，導致最後不得不又回到躲躲藏藏的日子。

然後爺爺高強的能力，也沒能傳給爸爸跟自己，今天才會輸得這麼悽慘。

至少，這是鍾家續的觀點。

而兩相對照之下，不管是鍾家續還是曉潔，都不得不承認，呂偉道長那一代的人，真的是鍾馗、鬼王兩派的「黃金世代」，人才眾多。

3

在雙方大概說完各自的發展與過去之後，三人有一段時間沉默不語。

對亞嵐來說，在聽完雙方講述了關於上一代的故事之中，確實發現了一些不太尋常的地方。

首先就是關於上一代的呂偉道長與鍾齊德之間的恩怨，只有單方面聽到鍾家續這邊所說的話。

當然，從鍾家續這邊版本所聽到的故事，或許呂偉道長就是因為太過於兇殘，而不將這件事情公開，甚至從時間上推算下來，說不定呂偉道長連阿吉都沒有說過這件事情。

這或許可以理解……

不過亞嵐還是對這一點有很大的疑惑。

「呂偉道長這邊為什麼不說呢？」亞嵐皺著眉歪著頭：「就算鍾家續的爸爸說的是真的，還是可以說啊？拜託，人成了偉人之後，再誇張的故事都有啊！像是什麼看魚向上游啦，砍什麼櫻桃樹啦，掰一個驚天動地的版本不就好了？重點是，這個門派跟你們之間是死對頭，然後發生了這件事情，好歹也該說一下吧？不好意思鍾家續，我沒有惡意，不過就是單純提出疑惑。」

「不，」鍾家續摸著下巴說：「沒關係，確實這點我也覺得有點奇怪，為什麼你們那邊會完全沒有聽到關於我們家的事情？這點我真的也覺得不可思議。照我爸的說法，你們恨不得隨時都把我們挖出來殺掉，尤其是在鍾九首死了之後。以前我一直認為，是呂偉不知道我爸爸還活著，所以沒有趕盡殺絕，但是……」

雖然鍾家續話沒有說完，不過三人都知道，呂偉道長不但知道他還活著，連鍾家續這個小傳人都找到了。

的確，這一點有點匪夷所思，明明鬼王派就還有人活下來，為什麼都沒提？甚至什麼都沒有做？

「其他的先不說，」亞嵐說：「就算呂偉道長真的認為那樣的重傷，就足以讓鍾齊德死掉，如果是這樣的話，更應該大力敲鑼打鼓啊？不是嗎？」

「還是說因為真的用了見不得光的方法，所以不想說？」鍾家續說。

「是有可能，」亞嵐說：「不過就像我剛剛說的，他可以掰啊！他可以跟人說用什麼降龍十八掌或者是千鳥雷切的，幹掉了強大的對手，不是嗎？重點是沒人看到啊！所以隨便呂偉道長怎麼說都行。」

「有點羞恥心的人，」曉潔白了亞嵐一眼：「應該都掰不出妳剛剛說的東西吧……」

「哈，」亞嵐笑著說：「就算呂偉道長不好意思掰得太唬爛，至少也可以把結果說出來吧，不需要講解自己怎麼贏的吧？」

「嗯，」曉潔點了點頭：「就是這點，讓我怎麼想都想不通，為什麼不說？」

「還是說，」鍾家續想了一會說：「呂偉有說，隱瞞的是妳的師父？」

「是有可能……」曉潔說：「不過我想不到阿吉不說的原因又是什麼？而且看當時他懶得說的模樣，不太像是裝的。」

提到阿吉，鍾家續內心還是有點恐懼的感覺。

曉潔想了一會之後，突然想到了什麼，轉向鍾家續說：「不好意思，可能有件事情，需要跟你說一下。」

「嗯？」

「那就是……」曉潔一臉尷尬的表情：「我可能猜到，為什麼阿吉會想殺你了。」

「啊？」鍾家續一臉訝異：「為什麼？」

如果不是昨天決戰之際，曉潔的心情太過激動，或許她昨天就想到了。

曉潔將這陣子，有許多跟鍾馗派相關的人士，陸陸續續遭到殺害的事件告訴了鍾家續。

「所以我想，」曉潔說：「阿吉應該是懷疑你跟這些命案有關，才會想要找你。」

聽到曉潔這麼說，鍾家續一臉難以置信，光是從外表看起來，鍾家續確實不知道這些命案的存在。

「因為不只有阿吉懷疑，」曉潔尷尬地說：「就連……檢察官都有問過我，關於你們家的事情。」

「檢、檢察官？」鍾家續一臉狐疑地說：「他們怎麼問？鬼王派的下落？」

「嗯。」曉潔點了點頭。

「喔……」鍾家續無言。

想不到檢察官真的是這樣問，讓原本想要辯駁的鍾家續，瞬間不知道該說什麼。

「檢察官真的問到鬼王派？」鍾家續說：「就用鬼王派這三個字？」

「是，」曉潔淡淡地說：「她問我知不知道鬼王派的人，現在的狀況……」

聽到曉潔這麼說，鍾家續瞪大雙眼，凝視著曉潔。

「我回答，」曉潔說：「我師父說他們消失很久了。」

當然如果曉潔不是這麼回答，或許檢察官已經找上門了，因此聽到曉潔這麼說，鍾家續下意識地說：「謝……謝謝。」

不過很快鍾家續就跳了起來，一臉不悅地叫道：「不對啊！我們沒殺人啊！我沒殺那些人！我爸也沒殺那些人！為什麼你們會直接就把矛頭指向我們？」

曉潔聳了聳肩，當然鍾家續也知道，會把矛頭指向鬼王派，絕對不是曉潔或亞嵐的意思，因此對她們發飆也於事無補。

所以最後鍾家續也沒能怎樣，只能一臉不甘心地坐下來，捶了一下桌子。

當然曉潔完全可以理解鍾家續的感受，因為同樣的感受，自己也有過，雖然持續的時間沒有很久，不過在曉潔發現屍體的時候，確實有一段時間被人當成嫌疑犯。

看著鍾家續不甘心的模樣，兩人也不知道該怎麼安慰鍾家續，只能等他慢慢回復冷靜。

不過一旁的亞嵐，歪著頭卻不知道在想什麼。

等到鍾家續點了點頭，表示自己沒有問題了之後，亞嵐才把自己的問題提出來。

「另外還有一個邏輯性的問題，」亞嵐歪著頭，一臉疑惑：「我真的很不明白，很奇怪。」

「嗯？」

「曉潔妳剛剛說，」亞嵐用手比了比曉潔說：「阿吉就是妳的師父，也曾經說過，現在是鍾馗派最凋零的時代。」

「嗯，」曉潔點了點頭說：「所以呂偉道長一直想要補足口訣，重振鍾馗派。」

亞嵐聽了之後，點了點頭，轉向鍾家續：「然後鍾家續你也說，從清朝之戰之後，鬼王派也進入最黑暗的時代。」

「嗯，」鍾家續淡淡地說：「因為打輸了，風水輪流轉嘍。」

亞嵐點了點頭後轉向曉潔：「然後，呂偉道長是繼鍾馗祖師之後，唯一一個可以收服一百零八種靈體的天才。」

「嗯。」

「而且除了呂偉道長之外，」亞嵐說：「還有光道長、劉易經這些人，都可以算是天才型的人物？」

「嗯。」

亞嵐再轉向鍾家續：「然後，鍾家續的爺爺，也被稱為鬼王派有史以來最強的傳人？」

鍾家續點了點頭，但是臉上的表情，似乎也開始了解亞嵐說的話了。

「如果加上妳的師父阿吉，」亞嵐皺著眉頭說：「是個操偶天才。」

亞嵐的臉上浮現出完全無法理解的疑惑表情：「為什麼……在雙方都如此凋零的時代，會出現這麼多天才？」

確實，這是亞嵐的直覺所產生的疑惑。

只是亞嵐不知道的是，她確實也可以算是一種天才，因為她的這個問題，真的是個非常關鍵的問題。

只是不管是誰，現在都完全沒有辦法聯想得到，這個問題的答案，不但給了眾人無法避免的宿命，更將改變眾人的未來，將所有人都帶往地獄的深淵。

然而此時此刻，沒人可以回答亞嵐的這個疑惑，當然，也沒人能夠看穿，這個問題的答案，其實正是導致眾人今日會有這個局面的最大原因。

而，可以回答這個答案的人，恐怕只有一個人，那就是孕育出兩大道長的師尊——無偶道長。

4

愛情電影或小說，大概都有一個類似的公式。

最初，從相遇開始，然後互相越來越喜歡對方，接著會有個逆境，讓相愛的兩人之間，發生些誤會或者是挫折，狠一點的更讓兩家成為世仇或兩人是兄妹之類的。

最後兩人不是跨過這個障礙，就是跨不過去以悲劇收場。

或許，這就是愛情的本質，總是透過類似的方法培養出來的。

那麼站在愛情的對面，另外一種相對強烈的情緒，恨呢？

有人說，愛有多深，恨就可以有多深。

但是，你也可以完全不愛對方，直接就恨到底

仇恨到底是什麼，這件事情，鍾家續也曾經問過自己。

當然，他肯定不愛呂偉，他甚至不知道自己見過呂偉。

但是，他絕對可以說很恨呂偉，不只有讓他得要被關在家裡，還有傷害了他的老爸。

但是這真的是恨嗎？還是為自己不滿的情緒找個代罪羔羊之類的目標，藉以宣洩自己的情緒？

這點，連鍾家續自己也搞不清楚了。

時勢變遷，一切都只是藉口而已。

就好像有人曾經說過的，可憐之人必有可恨之處，或許有點根據，但是可憐跟可恨，本身沒什麼關聯。

就好像現在的鬼王派會變成這樣，是因為責怪本家的道士，還是不顧一切就是想要滅了鍾家，導致鍾九首死亡的那些鬼王派道士？

立場不同，當然答案也會不一樣。

此時此刻，在聽完曉潔那邊關於鍾馗派的過往之後，鍾家續確實感覺到自己的內心，受到了某種程度的震撼。

因為，這跟他所認知的本家，確實有點差距。

不，或許應該說是，他不曾站在不同的立場想過這些事情。

就像，他非常清楚鍾九首的詛咒，但是他只知道，鍾九首是跟鬼王派相鬥，被打敗之後才下的詛咒。卻沒想過，或許打從一開始，就是鬼王派的人追殺著鍾九首。

就詛咒本身來說，或許……有點咎由自取。

害了他們這些子子孫孫的人，是鍾九首，還是那些殺紅了眼的祖先？

鍾家續當然知道答案，只是願不願意承認罷了。

雖然探討過去，確實有助於釐清目前的狀況，但是對三人來說，狀況卻沒什麼改變。

接下來，才是真正的重點。

「那麼，」亞嵐問：「就照原來的計畫，先幫鍾家續收集一些符？」

「嗯。」曉潔點點頭。

至少這一點，目前還沒有任何改變。

兩人一起轉向了鍾家續，鍾家續沉吟了一會之後緩緩地說：「我想回家一趟。」

不管是阿吉的事情，還是呂偉道長的事情，鍾家續都覺得確實有必要跟自己的父親說一聲，順便，也可以問問看當年到底是什麼情況。

「我們一起去吧，」曉潔說：「不管發生什麼，我們都一起承擔。」

當然，這是因為曉潔非常清楚，兩人的這條路恐怕早就已經不可分了。

既然已經選擇了自己的路，就應該好好面對。

這，才是所謂的義無反顧。

5

相隔了幾個月之後，曉潔再度來到這個地方。

上一次，就因為在這裡的一次會面，讓鍾家續跟自己再度陷入僵局。

雖然後來突破了僵局，兩人再度握手言和，不過這次再度來到這裡，還是讓曉潔的內心覺得有點不安。

即便這一次她相信鍾家續，不管遇到多大的困難，兩人都絕對可以攜手共進，可是對於可不可以改變鍾齊德對本家的看法，或者是否能夠從鍾齊德口中聽到當年的真相，曉潔都不抱持著希望。

但是不管鍾齊德的態度如何，曉潔都不會改變自己的想法。

想到了鍾家續為了幫自己，而跟父親鍾齊德吵架，讓曉潔一直都有點愧疚。

這一次如果可以的話，曉潔決定要好好向鍾齊德道歉，一切都是因為自己缺乏勇氣，才會說了一個該死的謊，希望鍾齊德可以原諒自己。

至於鍾家續這邊，心情大概也是差不多的，一樣也需要一點心理建設。

畢竟自己離家之前，才為了曉潔的事情，跟自己的父親大吵一架，甚至兩人還大打出手。不過會演變成這樣，也是鍾齊德一意孤行的結果，但是不管怎樣，鍾家續還是決定自己應該要好好道歉，然後希望這一次，可以讓父親好好聽聽自己所說的話。

雖然說鍾齊德的心理與精神狀況常常不穩定，不過說到底，鍾家續知道他真的不是個不分青紅皂白的人。

所以，鍾家續還是決定好好跟父親談一談。

就這樣各自帶著愧疚的心情，以及在心中想好等等該怎麼開口，鍾家續打開了自家的大門。大門一打開，就有一股不尋常的氣息迎面而來，一股熱氣竄出，讓三人不免皺起了眉頭。

現在正是暑假，也正值酷熱的天氣，一般人在室內大多會受不了這樣的酷熱，而將冷氣等空調打開用以消暑。

但是這迎面而來的熱氣，卻顯然比屋外還要熱，到底是怎麼回事？

一想到這裡，讓三人不免心生不安。

不過，鍾家續還是率先走入屋內。

「爸。」鍾家續叫著自己的父親。

然而卻沒有任何一點回應。

跟在鍾家續後面進入屋內的是亞嵐，才剛踏進屋內，立刻聞到一股臭味，記得上次來的時候，沒有這樣的臭味。然而基於禮貌起見，亞嵐不方便用手摀住口鼻，只能想辦法偷偷地用嘴巴呼吸。

而最後一個踏入屋內的是曉潔，一進到屋內，立刻聞到跟亞嵐一樣的味道，不一樣的是，類似這樣的味道，曉潔確實聞過，不過這一次的味道卻很強烈，而且夾雜著一股讓人難以忍受的腐臭味。

這樣的味道，讓曉潔立刻沉下了臉，瞪大了雙眼。

「爸！」

鍾家續也聞到了這個味道，不過他卻不知道這股味道是哪裡來的，家裡從來不曾有過這樣的味道，感到莫名其妙的他，內心也跟著不安起來，因此更大聲地叫著自己的父親。

「爸！」

接連叫了幾聲，屋內都沒有回應，曉潔來到了鍾家續的身後，臉色已經是一片慘白。

心裡也感覺到不安的鍾家續，立刻衝入屋內，然後才剛跑沒幾步，雙腳就好像被定住一樣，在神明廳的門前頓住了。

在鍾家續身後的兩人，不知道發生什麼事情，也顧不了那難聞的氣味，趕到了鍾家續的身後。

眼前，是個極度恐怖的景象。

雖然曉潔曾經看過類似的景象，不過這一次，因為是曾經見過面的人，那感覺卻是更加強烈。

神明廳裡面，鍾齊德就躺在一片血泊之中。

不過這還不是最駭人的，最駭人的地方是，原本鍾齊德完好的那一半，也被人徹底摧毀，就好像複製了另外一半一樣。

鍾齊德的左手與左腳，以不自然的角度彎曲著，而左眼被人挖空，與原本就殘廢的右半邊，互相對應著。

空氣凝結了幾秒，接著鍾家續的哀號，劃破了這一片死寂的空間。

6

警方趕到了現場，將鍾家用封鎖線團團圍了起來。

不管是誰都沒有想到，鍾齊德竟然會這樣被人殘忍地殺害。

雖然說從某個角度來說，鍾家續就是因為擔心父親的安危才會趕回來，想要看看並且提醒父親，更有甚者，他希望父親如果可以的話，避避風頭，畢竟外面有個想要殺了鬼王派的人。

只是想不到，一切都太遲了，最後父親還是慘遭不測。

從看到父親慘死模樣的那一剎那開始，鍾家續就感覺自己好像靈魂也跟著出竅了。

警方穿梭在鍾家內外，當然身為共同目擊者的曉潔跟亞嵐，也在警方的安置下，在另外一個房間裡面，接受警方的詢問。

不過真正讓曉潔非常在意的，還是鍾家續的狀況。

曉潔知道鍾家續崩潰了，這不需要心理醫生，也可以輕易地診斷出來。

在這個最糟糕的時機，發生了這個最糟糕的狀況。

曉潔與亞嵐兩人，也不知道該說些什麼，只能配合警方。

警方問了很多問題，不過在曉潔等人看來，這些很可能是些無關緊要的事情。

因為一看到了鍾齊德的死狀，唯一可以聯想到的，就是——傷勢。

到底有誰會如此喪心病狂，將一個已經半身殘廢的老人，如此殘忍地殺害？

雖然說曉潔的心中並沒有這個問題的答案，不過她知道，鍾家續很有可能心中已經有一個答案了。

畢竟……他就是為了擔心父親的安危，才會特別跑回家來的。

但是，鍾家續心中的那個答案，是對的嗎？

阿吉，真的有殘忍到這種地步？

……不可能。

一直到現在，曉潔還是對阿吉有信心，阿吉不可能做出這樣的事情。

雖然說，親眼看過阿吉真祖召喚之後，那恐怖的力量，不過如果不是用了那樣的招式，阿吉不可能如此殘忍。

為此，曉潔還特別注意了一下地板。

因為如果阿吉真的使用了真祖召喚，那麼地板肯定會留下黑色宛如燒焦般的腳印。

但是大致上看過去，並沒有看到類似的腳印。

一旦留下了那樣的腳印，至少就曉潔所了解的情況，是不可能輕易被清除的，不然當年的J女中，也不會趁著暑假期間，將大部分的地板都重新鋪過。

看到學校重鋪地板，曉潔就知道是為了消除那些腳印。

換句話說，這裡的地板沒有這樣的痕跡，按理說阿吉就沒有在這邊使用過真祖召喚，同樣地，如果不使用那樣的招式，以正常的阿吉來說，不可能下這種重手。

可惜的是，光憑這樣恐怕沒有辦法證明阿吉的清白。

而先不要說曉潔的想法，光是看到這樣的傷勢，就算不清楚前因後果的人，或許也可以得到一些推論。

在這個房間的另外一頭，鍾家續也接受著警方的訊問。

終於，警方問了那個問題。

而這個問題，當然也讓在房間另外一頭的曉潔跟亞嵐，有了些許反應。

「那個，」負責詢問鍾家續的員警說：「你知不知道你的父親跟什麼人有結仇之類的事情？簡單來說，就是有沒有什麼仇家？」

這個問題讓曉潔跟亞嵐屏住了呼吸，也讓鍾家續愣住了。

當然，負責詢問的員警看到鍾家續這個樣子，也有點誤會了，以為鍾家續沒有想到這類問題或者是覺得這類問題很突兀，所以解釋了一下。

「因為從……你知道，」員警尷尬地說：「你父親的傷口看起來，很像是跟你父親有什麼恩怨。」

不過這完全是員警的誤會，鍾家續之所以愣住了，並不是因為他沒想到這個問題，而是對於這個問題，早在他爸面臨這樣的慘狀之前，就已經有了答案。

仇家？當然有！而且真的是一整家！就連那邊的那兩位，也可以算是吧！

這是鍾家續直覺的答案。

不過，在沉吟了一會之後，鍾家續口中卻說：「我需要想一下。」

是的，鍾家續是真的需要想一下，或者嚴格應該說的是，他需要一點時間，好好整理一下腦中的資訊，還有那早就已經滿溢出來的各種情緒。

混亂，這是目前鍾家續唯一的狀態。

呂偉、阿吉、曉潔、本家，一大堆出乎意料之外的發展與狀況，讓鍾家續此刻除了無比的傷痛之外，就是混亂。

對鍾家續來說，現在是最糟糕的情況。

只是鍾家續不知道的是，情況還可以更糟糕。

因為就在他接受警方詢問的同時，隔壁鄰居證實了，前天白天的時候，有聽到鍾家續跟他父親吵架的聲音，甚至大打出手。

而目前粗估鍾齊德的死亡時間，就是在前天。

雖然實際上的時間，可能還需要法醫鑑定，不過光是這些，已經非常足以讓警方懷疑，這個獨生子的清白。

尤其是這個獨生子，完全沒有辦法好好交代，為什麼在他父親死亡的這一天，他會跑到別人家去住，行蹤交代不清。

當然，鍾家續的回答，曉潔跟亞嵐都有聽到，不過真正讓曉潔擔心的，還是鍾家續是不是真的把阿吉當成殺人犯了。

可惜的是，在發現鍾齊德死亡之後，三人報警，警方隨後趕到，然後就在警方的指示之下行動，曉潔一直沒有機會跟鍾家續好好談談。

就算有點機會，以現在鍾家續的精神狀況，似乎也不能好好談談。

所以真正讓曉潔擔心的就是，鍾家續會不會因此認定阿吉就是兇手。

在警方詢問告一段落之後，由於曉潔跟亞嵐，不算是真正的關係人，只是鍾家續的友人，因此登記了兩人的住址、電話等資料之後，便要兩人先行離開。

兩人被警方帶離現場，離開了封鎖線，雖然已經可以離開，不過擔心的兩人，還是跟著附近的居民，站在封鎖線外，看著封鎖線內警方的一舉一動。

三人發現鍾齊德屍體的時候，正值下午，而警方的行動，直持續到了深夜，封鎖線外的民眾來來去去，議論紛紛，不過到了晚上，人潮有明顯變少的趨勢。

曉潔與亞嵐擔心著鍾家續的狀況，因此一直沒有離去。

終於，鍾家續在警方的帶領之下，走出了住所大樓。

不過曉潔與亞嵐不知道的是，由於鍾家續涉有重嫌，所以警方現在是要帶他回分局。

看到鍾家續出來，走出了封鎖線，兩人趁機靠了過去。

鍾家續看到了曉潔，那紅通通的雙眼，惡狠狠地瞪著曉潔。

看到鍾家續的眼神，讓原本想要靠過去慰問一下的兩人，頓時停住了腳步。

「不要……再讓我……看到妳。」鍾家續狠狠地說。

鍾家續才剛說完，就被兩個警方押入警車之中。

當然，不需要任何解釋，兩人也大概了解了。

鍾家續真的認為殺人兇手，就是阿吉。

這下，阿吉真的跳到黃河也洗不清了。

天空開始飄起了小雨，仰起頭看著天，任憑雨水打在臉上，曉潔不懂，為什麼情況會變成這樣……

第6章．黑暗降臨

1

天空一片烏雲密布，月亮若隱若現。

為了阿吉的特別狀況，因此陳憶玨特意帶著資料，讓人搬了張桌子到屋頂。

一等阿吉清醒，一場位於屋頂的偵訊，就這麼展開了。

當然，對陳憶玨來說，找到了阿吉，可能是這整起案件中，最讓人值得開心的事情。

不單單只有私交，光是阿吉腦中的鍾馗派資料，對陳憶玨來說，就是最珍貴的寶庫。

原本還擔心，如果阿吉真的牽扯在這案件之中，自己可能基於一些法律原則，需要向上面報告，離開這個案件。

不過就目前的狀況看來，阿吉跟陳憶玨手上這些連續殺人案並沒有太大的關係，不過卻可以提供最寶貴的情報。

當初會把這些失蹤的鍾馗派列入考量，完全就是因為嫌疑的關係，彼此之間並沒有明確的關聯。

現在確定幾乎所有鍾馗派的人，之所以失蹤都是因為那場J女中的決戰，當然跟案件本身沒有關係。

目前陳憶玨手上的犧牲者，全部都是J女中決戰之後的被害者。

就連當年的頑固廟的滅門血案，下手的是阿畢，因此也可以切割。

然而真正的問題還是沒有解決，那就是在J女中之後，又是誰殺害這些跟鍾馗派有點關聯的人士。而會請阿吉來，當然也是因為目前他可能是對這些人最熟悉的人了。

對陳憶玨來說，原本有兩點非常擔心的事情，第一個就是月光的問題，打從下午開始，天氣就不是很穩定，甚至還飄了些小雨。

所以陳憶玨一直很擔心，晚上會不會沒有月亮，阿吉會不會沒辦法清醒。

另外一個擔心的地方就是，很顯然阿吉的腦袋有受損，在這種情況下，會不會影響他的記憶，也是陳憶玨相當擔心的事情。

不過當夜晚降臨，玟珊帶著阿吉來到這個屋頂後，過沒多久，陳憶玨就知道自己的擔心是多餘的。

阿吉不但恢復了清醒，對於陳憶玨給的資料，也有不少能提供一些情報。

阿吉的記憶力真的非常好，有些人幾乎只見過一面，都還能清楚說出對方的名字，這點不要說讓玟珊大開眼界，就連從小就認識阿吉的陳憶玨都自嘆不如。

只是即便阿吉幫忙，似乎對案情也沒有多大幫助，畢竟阿吉實在想不到，有誰會跟這些人有那麼大的恩怨。

不過從資料上面那一張張血腥的照片看起來，傷口的部分確實跟鬼王派所產生的傷口很像。

這就真的讓阿吉不解了。

「如果真的是鬼王派的人，」阿吉皺著眉頭一臉不解：「為什麼要找這些人呢？他們大部分其實都已經跟鍾馗派沒有太大的關聯了。」

當然對於這個問題，陳憶玨也沒有答案。

「他們之間有什麼關聯嗎？」

「嗯……」阿吉想了一會：「除了都跟鍾馗派有點關係之外，我實在想不出還有什麼關聯。」

確實，陳憶玨目前手上有的命案，幾乎都是跟鍾馗派有點關係的人，但是相比之下，恐怕所謂的關係遠遠不如阿吉或曉潔這樣密切。大部分都是曾經加入某些道長門下，後來卻沒有正式成為道士的人。

「可是，」阿吉說：「如果真的是跟鍾馗派有仇，不覺得直接找鍾馗派就好了嗎？」

「不過……」陳憶玨淡淡地說：「鍾馗派不是幾乎全軍覆沒了嗎？」

「是這樣沒錯，」阿吉說：「不過還是有么洞八廟啊？」

確實這點陳憶玨也懷疑過，更有甚者，因為跟么洞八廟也有感情在，所以陳憶玨在這段時間，確實有派人去監視么洞八廟，目的不只是為了監視曉潔，還有保護的意味在。

「這也是我不解的地方。」陳憶玨說。

即便有了阿吉，可以提供一些寶貴的資料，這個根本上的問題，還是沒能獲得解答。

「然後……」陳憶玨拿出一份資料：「就是他了。」

阿吉看了資料一眼，立刻說出了資料上面照片男子的名字。

「他是郭茂啟，」阿吉說：「光道長的弟子，光道長『少數』讓人覺得好相處的弟子。」

聽到阿吉這麼說，陳憶玨苦笑說：「你知道，如果被師父聽到你這麼說，又要跟你道歉了。你啊，可不可以不要老是讓師父這樣為難？再怎麼說，光道長也是師父的師兄。」

會這麼說就是因為阿吉非常討厭光道長，不過每次只要阿吉被光道長或他的弟子惹毛了，呂偉道長總會代替光道長與他的弟子道歉。

不過這樣的態度，卻在呂偉道長死了之後有了改變，最主要的原因是因為對呂偉道長的敬愛，倒不是對光道長有了什麼不一樣的看法。

只是在J女中決戰之後，阿吉實在想不出有什麼理由，讓他繼續維持對光道長表面的尊敬。

「我是說真的啊，」阿吉攤手說：「有什麼樣的師父就有什麼樣的弟子。」

「是嗎？」陳憶玨笑著說：「你跟師父就一點都不像。」

「……我們是特例。」阿吉白了陳憶玨一眼。

「不，」陳憶玨笑著說：「我是說真的，你知道師父有多喜歡你嗎？」

「妳這是什麼說法，」阿吉看了一旁靜靜聽著兩人對話的玟珊說：「妳這樣會讓人誤會好不好？」

「是真的啊，」陳憶玨說：「你知道我爸當時在求師父的時候，我有跟我爸說，如果師父不想收，就不要脅迫人家啦。不過我爸說，不是這樣的，情況其實不是我想的那樣，師父不是不想收我，而是不想收徒弟。」

「喔？」阿吉挑眉：「那我是……？我可沒求他啊。」

「師父跟我爸說，」陳憶玨笑著說：「如果不是你，他根本不會想收徒弟。」

聽到陳憶玨這麼說，阿吉低下了頭，臉上浮現出哀傷的表情。

是的，呂偉道長確實是個不可多得的好師父，而且對阿吉也確實非常的好，這點就連阿吉自己，也不得不承認。只是，阿吉不知道的是，是呂偉道長對弟子特別好，還是自己是個特例。現在聽到陳憶玨這麼說，阿吉才真正了解到這一點。

「我爸還說了一件很有趣的事情，」陳憶玨瞇著眼說：「我不知道你知不知道。」

阿吉抬頭看著陳憶玨。

「你知道我爸跟師父怎麼認識的嗎？」

「知道啊，」阿吉說：「鍾馗四寶之旅啊。」

「嗯，」陳憶玨點點頭說：「是，確實在那個時候認識的，不過……你知道，師父根本不是為了找鍾馗四寶才旅行的嗎？」

「不是為了找鍾馗四寶，」阿吉一臉狐疑：「那是……純粹想玩嗎？」

「也不是，」陳憶玨笑著搖搖頭說：「是後來才變成那樣的，事實上師父一開始，是為了放棄鍾馗派道士的身分而旅行的。」

「啊？」阿吉張大了嘴，難以置信的表情全寫在臉上：「這倒是我第一次聽說，師父不想當道士，那他想當什麼？」

「我不知道，」陳憶玨說：「不過，聽說在無偶道長死後，師父有點走不出來，所以才會想去旅行，看要如何放棄這個身分。而我爸，那時候正對鍾馗派失望，所以兩人一拍即合。」

雖然沒聽過呂偉道長要放棄道士的身分，不過陳伯對鍾馗派失望的事情，阿吉倒是略有耳聞。

「我聽我爸說，」陳憶玨說：「師父當時的想法是不知道該怎麼走下去。就是因為師父太過於迷惑，所以我爸才會建議他，先幫自己找點事情做。而你知道，師父最喜歡的就是鍾九首傳奇，每一篇故事都可以倒背如流，最後才會變成跟我爸一起去尋找剩下的三寶，兩人的交情也是在那時候建立起來的。」

阿吉點了點頭，至少這個部分，阿吉倒是知道得很清楚。

「照我爸的說法，」陳憶珏說：「就是在找這三寶的時候，慢慢拾回對鍾馗派的信心，不管是他還是師父都是這樣。」

聽到這裡，阿吉臉上浮現出落寞的神情。

想不到，這些事情還得從陳憶珏這邊才知道，讓阿吉的內心真的有點酸。

不過阿吉也知道，每個人都有屬於自己的觀點。

對阿吉來說，呂偉道長就是師父，如果從他的觀點來說，就好像看自己的父親一樣，但是陳伯就好像呂偉道長的兄弟或者同事，看呂偉道長的觀點，是從旁看過去的，自然會看到完全不同的面相。

「師父跟我爸說，」陳憶珏說：「如果不是遇到你，他根本不可能收徒弟。」

陳憶珏說到這裡，停頓了一下，然後正色道：「因為……師父想要讓北派的鍾馗派，就在他這一代結束。」

「什麼？」阿吉一臉不以為然：「這是陳伯推測的，還是師父確實這麼說？」

「師父這麼說的，」陳憶珏認真地說：「還有，師父對我爸說過……」

阿吉挑眉。

「希望你不要恨他。」陳憶玨說。

「妳知道，」阿吉無奈地搖搖頭：「這已經是我第二次聽到這句話了。為什麼會這麼說呢？」

陳憶玨聳了聳肩。

阿吉真的不懂，為什麼師父呂偉道長會這麼說？難道說，師父真的有做什麼對不起我的事情嗎？

腦海裡浮現的，是兩人最後死別之時。

不過阿吉真的不懂，到底有什麼事情，讓師父如此擔心，自己會恨他？

「喔，」陳憶玨將話題帶回郭茂啟的案件上：「對了，講到師徒，我就是在這個案件，遇到你的寶貝徒弟。」

「啊？」阿吉訝異：「為什麼會遇到曉潔？」

「她不知道為什麼找上了被害者，」陳憶玨說：「結果在命案現場，被我們趕到的同仁發現，當場把她請回警局。她的證詞是說，她有些廟宇經營方面的問題，想要問問他。」

當然，這話阿吉一聽也知道應該是謊言，因為關於廟宇經營方面的事情，幾乎都可以由何嬤等人幫忙，不需要曉潔插手才對。

不過阿吉倒也真的想不到曉潔有什麼理由會找上郭茂啟。

「你說，」陳憶玨說：「你的徒弟跟那個鬼王派的傳人有點交情，你徒弟該不會被人利用了吧？」

當然，這點就連阿吉也沒有把握，不過就目前遇到的狀況看起來，實在不像是這麼一回事。

「我這麼說吧，」阿吉說：「雖然我不知道曉潔為什麼會去找上他，不過說真的我知道妳的想法，可惜的是鍾家續真的不是兇手，光是他的功力，大概就可以感覺到，他很可能到目前為止，都沒有能讓人這樣爆腔而死的能力。」

關於這點，陳憶玨當然不是很清楚，不過目前似乎也只能相信阿吉所說的話。

「我沒有說鍾家續無辜，」阿吉強調：「但是至少他沒有那份功力。」

「那鬼王派除了他之外，」陳憶玨問：「沒有其他的人了嗎？」

聽到陳憶玨這麼問，阿吉沉下了臉，腦海裡浮現出來的，是昨天仰望榕樹，最後沉入黑暗之前的那張臉。

「在找上鍾家續之前，」阿吉抬起頭說：「我已經找到他家了。我……看到他爸，只是一個殘廢。」

「喔？」

「先別說他還有沒有功力可以傷人至此，」阿吉說：「他身上的傷口，讓我懷疑……他有可能跟師父交手過。」

「是喔？」陳憶玨一臉懷疑：「怎麼說？」

阿吉稍微形容了一下鍾家續父親的狀況，然後說：「那傷勢……如果不是年輕時遇到熊，只有師父……在那種狀態之下，才會那麼恐怖。」

「那種狀態？」陳憶玨問。

「嗯，」阿吉點了點頭說：「不過恕我不多說了，因為……那是師父最不想提起的事情之一。」

阿吉仰起頭，望向天上的月亮，但是在阿吉腦海裡浮現的，卻是他這輩子看過最恐怖的面容。

這是發生在……對付天逆魔時候的事了。

如果可以，那恐怕會是阿吉這一生，最想抹滅的記憶之一。

2

在阿吉與玟珊暫時落腳的古廟中。

安仔的阿公，也就是阿吉口中所稱的伯公，在大廳旁的一張籐椅上，頭一點一點地打著瞌睡。

伯公在這座廟已經服務超過五十年，真的可以算是把這一輩子都給了這座廟，就連自己的孫子，也在這座廟裡長大。

當年的他也是這樣看著呂偉跟光道長，跟著無偶道長學習，並看著他們出師，直到無偶道長往生，在那之後，就一直守著這座古廟，整個人生也算是跟這座古廟一起度過。

不過跟頑固廟或么洞八廟最大不同的地方是，這座古廟從來不曾有過風光的時候。

低調行事，一直都是無偶道長最大的特色。

雖然現在這麼說或許有點不敬，不過真要說的話，就好像作賊怕被警察抓一樣，即使不到畏首畏尾，但是凡事能夠多低調，就有多低調。

這，就是無偶道長的風格。

也正因為這樣的風格，讓道上關於他的傳聞，從來不曾少過。

不過這些，在伯公聽來，都只是一堆瞎說的笑話。

而這樣低調的風格，導致這座古廟一直乏人問津，慘澹經營。

這些年來，如果不是靠著呂偉道長與阿吉的資助，這座古廟恐怕早已人去樓空。

不過就是因為呂偉道長感念無偶道長，而阿吉又感念呂偉道長的緣故，這座古廟才得以維繫至今。師徒三代的感情，由此可見一斑。

當然，也只有他非常清楚，為什麼呂偉道長會如此喜歡阿吉。

只是這些都在其次，最重要的是愛屋及烏的這顆心，才讓這座古廟可以營運。

因此難得阿吉前來，伯公才會在這邊守著，等阿吉跟那個隨行的女子回來。

這也算是伯公的一點心意。

然而等到都快要半夜了，還是不見兩人，老邁的伯公才會在籐椅上睡著。

安仔從後室走到正廳，看到伯公這個樣子，不禁搖搖頭。

安仔走到伯公身邊，輕輕地拍了拍伯公的肩膀，伯公驚醒過來。

「阿公啊，」安仔說：「回房睡啦，他們可能不會回來了啦。」

「阿吉有說不回來嗎？」伯公睡眼惺忪。

「沒有，」安仔皺著眉頭說：「唉唷，只是一個晚上沒關係，誰會想要每天都住在這座古廟裡啦？」

伯公嘖了一聲，揮了揮手，完全沒有要起身的意思。

看伯公這樣，安仔無奈。

「阿公你不知道現在的年輕人，」安仔笑著說：「我看啊，他們八成去那種旅館，做那種阿公你聽了都會害羞的事情啦。」

「你不要在那邊黑白講啦，」伯公瞪了安仔一眼說：「小吉不是那樣的人。」

「嗯，」安仔一臉不以為然：「那是阿公你可能不太了解阿吉，我跟他也算是有過一段輝煌的歷史啊。後來如果不是國師不喜歡阿吉來古廟，說不定，唉……阿吉也不會像現在這樣。」

國師，是稱呼呂偉道長的名號，因為在呂偉道長創立幺洞八廟沒多久之後，就被當時的總統請入總統府，並且奉為國師之一。

因此從那之後，有不少人都稱呼呂偉道長為國師，安仔就是其中之一。

當然，伯公怎麼會不了解阿吉，不過在他看來，真正不了解阿吉的人，恐怕是安仔。

伯公非常清楚，那輕浮只是一種偽裝，就跟無偶道長一樣。

不過這點，伯公當然也不會告訴安仔。

「不管怎麼說，」安仔說：「你這樣等，如果阿吉回來看到你這樣，他心裡也不好受啦，好啦，阿公我先帶你回房，我在這邊等，這樣可以了吧？」

聽到安仔這樣說，伯公想了一會之後，點了點頭。

站起身來，伯公轉身朝後面而去，安仔扶著阿公，到一樓後面的房間裡休息。

其實這些年來，伯公已經不住在廟裡，不過因為知道阿吉暫時會住在古廟，所以伯公也非常堅持自己也要在古廟住。

雖然說，安仔笑稱這是伯公為了要盯緊阿吉，不讓他做出有辱這座廟的事情，不過實際上，卻是伯公的一點心意。

伯公可能是這個世界上，唯一一個看過他們師徒三代的人，一路看著無偶道長、呂偉道長跟阿吉走過來，對這古廟與他們師徒三代的情誼，就連孫子的安仔都無法體會。

伯公已經高齡九十好幾，因此身體的狀況並沒有很好。

安仔扶著阿公進去內室休息之後，再度回到大廳，卻被眼前的景象嚇了一跳。

由於伯公是真的在等阿吉他們，所以外面的門即便到了深夜的此時，也沒有關起。

然而當安仔回到正殿時，大門敞開，原本還以為阿吉他們回來了，誰知道，在大廳的卻是兩張完全陌生的面孔。

兩個陌生的男子，進到正殿四處打量。

看到這模樣，讓安仔內心浮現出不安的情緒。

「不好意思，」安仔對兩人說：「我們已經打烊，不對外開放了。」

兩個男子一胖一瘦，完全不把安仔的話聽在耳裡，打量了一會之後，其中的胖男不屑地哼了一聲。

「哼，就這間破廟啊？」

「你們是誰啊，」安仔不悅地說：「再不出去，我要報警了。」

胖瘦兩男聽到安仔的話，不約而同瞪向安仔，然後臉上一起緩緩浮現出一抹笑意，一抹不懷好意的笑容。

3

古廟的後庭院，安仔被一腳踢飛，整個人重重地撞上了榕樹樹幹。

那一胖一瘦的兩個男子，臉上掛著詭異的笑容，模樣七分像人、三分像鬼。

這突然出現在古廟的兩人，在安仔下了逐客令之後，立刻襲擊安仔。

安仔一路被兩人追著打，退到了後庭，最後再也逃不掉，被其中的瘦男一腳踢飛，撞上了榕樹。

安仔只感覺自己的背傳來劇痛，幾乎都快要爬不起來了。

瘦男對著一旁的胖男說：「你去看看其他地方。」

胖男點點頭，然後走到走廊，一間間搜過去，過沒多久，就聽到了伯公的叫聲。

「阿公！」安仔聽了大叫。

「你不用管那麼多，」瘦男冷冷地說：「放心啦，不管你阿公去哪裡，你都會跟著去，我們不會拆散你們祖孫的。」

瘦男說完，將手一抬，手上頓時多了一張符。

雖然說安仔從小就在廟宇裡面長大，不過因為只是顧廟，所以對鍾馗派這些什麼的，其實並不是很清楚。尤其是在安仔來這間古廟的時候，呂偉道長等人也早就已經不在這裡，所以更是不懂這些東西。

不過一看到瘦男拿出了符，安仔也知道，這兩人可不是什麼路過的歹徒，而是打從一開始就是鎖定這座古廟的。

瘦男將符一轉，符立刻燒了起來，接著手一揚，符在空中燒成灰燼，飄落下來，與此同時，一個身影從灰燼之中浮現出來。

定睛一看，那是隻一眼就能認出來的小鬼。

安仔雖然在廟宇裡面工作了大半輩子，不過像這種詭異又恐怖的情況，還真是第一次見到。光是燒張符，就有一隻小鬼跑出來，是有沒有那麼厲害？

當然這是因為安仔來這座廟裡面幫忙的時候，這座廟已經沒落，不管是無偶還是呂偉等人，都已經不在這裡了。

獨守空廟的結果，當然沒有見過這種世面。

看傻了眼的安仔，就這樣盯著腹部隆起的小鬼看，沒有了行動能力。

那小鬼跳了幾下之後，立刻朝安仔衝過來。

安仔瞪大雙眼，雙手雙腳卻彷彿麻痺了一般，完全動彈不得。

那小鬼眨眼之間已經來到了安仔的面前，舉起了擁有銳爪的手，準備揮下去，這時，一個龐然大物突然從旁邊席捲而來，撞向小鬼。

安仔還來不及反應，那東西跟小鬼一起從眼前掠過，直接撞上後庭的牆壁。

小鬼發出尖銳的哀號聲，整個消散。

定睛一看，那撞過來的大物，竟然是另外那一個胖男。

這突如其來的發展，不只有安仔看傻了眼，就連一旁的瘦男，也是愣在原地，然後兩人不約而同，一起看向另外一邊，也就是胖男飛過來的方向。

一對男女就站在那裡，這一對男女不是別人，正是安仔與伯公兩人等待著的阿吉與玟珊。

兩人在分局接受完陳憶珏的偵訊之後，回到古廟，才剛踏進古廟，就聽到伯公的哀號，因此阿吉立刻衝進來，從後面一把將胖男制伏，來到後庭立刻就看到了安仔正被小鬼襲擊，才會把胖男當成戲偶，踹出去將小鬼撞飛。

「安仔，去看伯公。」阿吉淡淡地說。

「好。」

被阿吉救了一命的安仔，從地上爬起來，快步走到阿吉身邊。

與此同時，那個被摔到牆邊的胖男，也爬起來，回到了瘦男身邊。

安仔臨走前用手比著胖瘦兩男，一臉你們死定了的表情。

「鬼、王、派。」阿吉握著拳輕輕地說著。

操縱小鬼來襲擊他人，是鬼王派最擅長的東西，也是最符合鬼王派這個名稱的技法。

當初之所以稱呼他們為鬼王派，就是因為鍾馗祖師在人世間的另外一個面貌，鬼王鍾馗。

從口訣魔悟生出來許多操控鬼魂的辦法，祖師爺也從天師鍾馗變成了鬼王鍾馗，這些都是鬼王派的特色。

因此光是看到對方用符來控制靈體，就知道對方來歷。

當然如果是對安仔這樣的人，可能光是一隻小鬼就足以嚇到對方渾身發抖，動彈不得。但是如果是阿吉這種本家的道士，一打恐怕都還不夠看。

既然知道了對方是鬼王派……

胸中的怒火，慢慢開始燃燒了起來。

偏偏對白目來說，情緒這種東西，並沒有顯眼的色彩與形狀。

不然，兩人應該可以看得見阿吉渾身熊熊冒出的怒火。

面對鍾家續的時候就算了，畢竟當下鍾家續可是正幫曉潔處理自己過去沒有辦法處理的逆妖，但是今晚就完全不一樣了，阿吉親眼看到了鬼王派的惡行。

那憤怒的情緒，自然不可同日而語。

無視於阿吉憤怒的情緒，兩人竟然討論起眼前這個傢伙要由誰來對付。

「這次換我了吧？」胖男這麼對瘦男說。

「等等！」瘦男叫道：「剛剛那小子也算？」

「當然，」胖男笑著說：「而且這傢伙剛剛偷襲我，我正準備討回來。」

瘦子挑眉搖搖頭。

看到兩人目中無人，還在爭執著到底誰該上，讓阿吉側著頭一臉不悅。

「你們要不要一起啊？」阿吉冷冷地說：「想學人耍流氓，先張開雙眼吧，你們一起上，免得另外一個等等被嚇到屁滾尿流，不敢動手。」

兩人聽到阿吉這麼說，停下了爭辯，一起緩緩地轉向阿吉。

「小子，你挺囂張的。」瘦男冷冷地說。

「囂張？」阿吉不以為然：「不，我很謙虛，還會跟兩個廢物對話，就證明我非常好相處。」

「你叫誰廢物？」胖男嗆道。

「別那麼火大，」阿吉淡淡地說：「從某個角度來說你們也算奇特，畢竟會說話的垃圾不多。」

「你……」

「說完沒？」阿吉說：「這可能是你們留在人世間最後的幾句話了，一起上吧。」

聽到阿吉這麼說，兩人也不再爭執，胖男向前踏了一步。

剛剛胖男正準備好好折磨一下那個不知好歹的老人，誰知道還沒到重頭戲，就被人從後面一把架住，現在這筆帳，他絕對要討回來。

「只不過可以抓幾個小鬼，」阿吉冷冷地說：「就以為可以胡作非為了嗎？」

「賤東西！」胖男指著阿吉說：「對付你不需要用符鬼，竟然從後面偷襲我，現在讓你好好了解，偷襲我的下場。」

胖男罵畢，向前一進，朝阿吉一掌就打出去。

這掌打在了阿吉的胸口，阿吉連閃都沒閃，只有稍稍向後一縮，順勢化解了一點胖男的掌力。

不過，這對胖男來說，完全不打緊。

因為他知道，這掌的重點絕對不在力道，而是在它蘊含的功力。

這男人很快就會知道，太過於囂張的下場，就是死亡。

雖然說剛剛是對方偷襲，所以被制伏，不過可不是任何人都有辦法偷襲得手之後，讓自己毫無抵抗之力，因此對於阿吉，胖男多少還是有點顧忌。

誰知道他竟然如此囂張，連避都沒避，這一下絕對可以取他的性命。

一想到分出了勝負，讓胖男的嘴中，立刻發出猥瑣的笑聲。

「嘿嘿。」

即便看起來弱不禁風，但是被這一掌打到，不管是誰都會……嗯？

只見阿吉，用一根手指，輕輕地按在自己的胸口。

……果然是鬼王派。

雖然力道不算強勁，不過那感覺確實跟當時的阿畢很像。

只可惜，就算知道怎麼解，阿畢的威力都足以讓阿吉內傷，吐出一口血。

但是眼前這男的一掌，光是一根手指就可以破解。

不過，那在體內的感覺確實證明了，眼前這兩人就是鬼王派的……而且功力遠在鍾家續之上。

不過，當然比起阿畢，是完全不夠看。

胖男看傻了眼，眼看阿吉沒反應，一臉疑惑地看著自己的手掌。

畢竟過去不管是誰，被這一掌打到，很難有人會這樣好端端地站著。

眼看胖男這一掌失利，這一次換瘦男，在胖男還在一旁疑惑之際，向前一衝，朝著阿吉又是一掌打下去。

當然阿吉還是一樣，稍微向後退一下，化開瘦男掌力之後，輕輕用手指壓在瘦男打中的腹部之上。

還以為是胖男沒打好，所以掌力出不來的瘦男，這一掌得手之後，內心也不禁握緊了拳頭。

這一下絕對沒問題。

畢竟這些功夫可是他們鑽研苦練好一段時間的成果，不管這傢伙到底是何方神聖，也不管他功夫到底有多高，只要被這掌打到的人，幾乎都會……

想不到這一次對方又一樣用一指壓在自己的腹部之上，然後就沒有然後了。

這到底是怎麼回事？

「啊啊，」阿吉搖搖頭說：「這笑死人的力道是怎麼回事啊？這樣就想讓人爆腔而死，不會太天真了嗎？」

聽到阿吉說的話，胖瘦兩男面面相覷，完全不知道到底發生什麼事情了。

看著兩人這模樣，阿吉不禁搖搖頭。

在鍾馗祖師所傳承下來的口訣之中，長年奉行正道，最後因走火入魔或自甘墮落，像是血染戲偶墮入魔道者，在一零八的靈體分類之中，屬於人逆靈。

而那種出生即入魔道者，屬於人逆魔。

當初在傳口訣之際，其實所謂的人逆魔與人逆靈，跟鍾馗派的道士們沒有直接的關聯，泛指所有其他流派或者是修行者的狀況。

然而在鍾馗戲偶流傳，加上鬼王派的出現之後，人逆魔才變成專門對付鬼王派的口訣。

因為除了開山祖師爺之外，幾乎後來所有鬼王派的人，都是出生即入魔的人逆魔。

因此即便阿吉終生沒有遇過鬼王派的人，但是光是口訣，還真的是從頭到腳全包含，就跟其他靈體沒什麼兩樣。

因此對阿吉來說，絕對不是問題。

當年在J女中的大戰之中，與阿畢之間的對決，其實如果不是當年阿吉的功力遠不如阿畢，說不定情況會是完全逆轉過來的狀況，因為每個道士的強弱都不一樣，弱點與致命傷均不相同，如果不是對壘多次，根本很難找到絕對具有優勢的。因此道士之間的對決，如果不是彼此實力相差懸殊，往往會有種勝負難料的狀況。

不過這種情況不管是在阿畢還是鬼王派的人身上，並不存在。由於鍾馗祖師口訣的博大精深，將這兩種人都包含在口訣之中，因此不管他們怎麼練，不管如何強化，口訣之一的人逆魔與人逆靈，都會有其弱點，也是難以改變的弱點。

——這就造就出絕對的不同。

人雖乏力，但是多變；魔道雖然強力，但是缺少變化，這就是雙方之間不同的地方。

這就是問題了，雙方對峙下來，胖瘦兩男，就只有這麼些拳腳功夫，面對拳腳功夫失靈的情況，兩人甚至連個戲偶都沒有帶。

因此一時之間，兩人還真不知道該怎麼樣對付阿吉。

「怎麼啦？」阿吉冷冷地說：「沒跟真正的道士對決過嗎？看你們兩個囂張的樣子，我還以為……你們是身經百戰的高手。」

聽到阿吉這麼說，兩人不約而同狠狠地瞪向阿吉。

不過就像阿吉說的一樣，光是看兩人那天不怕、地不怕的模樣，就大概知道這兩人不知天高地厚。

「你們看得出來，」阿吉嘴角勾勒出一抹微笑：「我的弱點嗎？」

是的，這就是鍾馗派最重視的能力，也是鍾馗派之所以還可以在道士界擁有一席之地的原因。

只靠口訣與修行，沒有其他門派所引以為傲的法術之類的東西，但是光靠著過人的觀察力，鍾馗派還是有它的優勢在。

而這個關鍵的能力，也是為什麼明明沒有法力，可以像茅山道術一樣，有許多改變戰局的術法，卻仍然能與之對壘的關鍵。

擁有入微的觀察力，很快能夠找到對方弱點，就是鍾馗派最擅長的地方。

而這也是和那些只學邪術，只懂用絕對的優勢，來霸凌敵人的鬼王派，完全不同的地方。

「既然還看不出來，」阿吉歪著頭說：「那就兩個一起上吧。」

雖然說那些功力對付不了眼前的男人，但是說到底他們還是有點功夫底子，因此就算真的跟人動手，不用那些功力，應該也不至於太差。

因此，聽到阿吉這麼說，這一次兩人不再客氣，準備一起對付阿吉。

瘦男先有動作，朝阿吉衝過來，還沒來得及出手，阿吉身子一縮，一腳出去的同時，跟著說道：「下盤太弱了。」

那瘦男臉色立刻刷白，因為這個弱點，早就被師父提點過不知道多少次。

但是才一出手，就被人點了出來，瘦子立刻頓住腳步，但是因為前衝的力量太強大，這一疾停真的差點讓他整個向前仆倒。

只是這一個不穩，阿吉順勢向前輕輕一推，那瘦男就整個向後傾倒，摔在地上。

這就是缺乏鍛鍊與經驗的地方。

胖男看到了，立刻從旁邊想要偷襲阿吉，就好像阿吉偷襲自己那樣。

趁阿吉還注意著眼前倒在地上的瘦男，胖男向旁一跳，然後對準了阿吉的背部，一招逆魁星七式就朝阿吉背上打去。

這又是另外一個缺乏實戰經驗的地方，要知道打從一開始，阿吉就知道對手有兩個人，眼角餘光一直沒有放過胖男，但是阿吉並沒有直視，讓胖男還以為自己沒有被注意到，正準備偷襲的他，完全不知道他早就被阿吉鎖定了。

因此這一招打出去，阿吉身子一縮，向後一退的同時，腳一勾，就勾住胖男的腳，順勢一帶，讓胖男整個腳一開，幾乎像是劈腿般重心向下一滑，筋骨本來就不是很柔軟的胖男，只覺得胯下一痛，頓時哀號起來。

「你是筋骨太硬。」阿吉冷冷地說。

不管是瘦男還是胖男，兩人幾乎是一出手就讓阿吉看到了兩人的弱點，這就是雙方真正的差距。

雙方真正的差距不只有功力，本質上也有渾然不同的地方。

即便已經有了口訣當作後盾，但是那觀察力訓練，鍾馗派本家的弟子們，可個個都不馬虎。不，不只有阿吉，就連鍾家續的觀察力，也遠遠超過兩人。

雖然說簡單幾下交手，就讓阿吉覺得，兩人的功力在鍾家續之上，不過從觀察力這個角度來說，說不定兩人徒有一身好本領，真正發揮出來說不定比鍾家續還要弱。

胖瘦兩男作夢也想不到，對方幾乎可以說連出手都沒有，就把自己摺倒在地上，驚訝到快說不出話來。

這證明了兩人的手腳功夫完全不是阿吉的對手，這也是兩人從來不曾遇過的狀況，確實跟阿吉說的一樣，打從兩人逞兇鬥狠開始，就一直靠著鬼王派那由內而外的力量，說難聽一點就好像拿著武器欺負赤手空拳的人。

但是，面對阿吉之際，那力量失效，兩人就跟一般人沒有兩樣。

空有逆魁星七式的招式，卻不知道該怎麼利用，就好像一個練功多年，到了真正動手時，卻不知道該怎麼將功夫融入實戰的人一樣。

看到他們兩個人的模樣，阿吉才真正了解「不經一番寒徹骨、焉得梅花撲鼻香」的真諦。沒有磨練的玉石，終究不成寶玉。

如果兩人不是習慣於仗勢欺人，今天就不會輸得如此狼狽。

當然兩人一點也不知道自己的行為有多糟糕，不然也不會演變成今天這個地步。

比起胖男捧著自己的胯下哀號，瘦男這邊受到的傷害比較小，既然手腳不行，那還有別的辦法。

偏偏自己沒想到會遇到手腳功夫不行的對手，因此連戲偶都沒有帶，如果是這樣的話……

胖男四周掃視了一下，眼角餘光立刻鎖定了那張放在後庭角落的桌子。

由於這裡當年就是呂偉道長跟光道長的練功場所，所以後庭的角落一直擺著一張可以開壇的桌子，當年就是讓兩師兄弟練習開壇之用。

胖男一見到那張桌子，上面還有法燭，幾乎是可以立即開壇，立刻朝那桌子衝過去。

瘦男好不容易忍著痛站起來，也跟著胖男一起過去。

只要開壇，就可以招來更強大的符鬼，到時候要對付這個男人，絕對綽綽有餘，胖男心裡這麼想著。

然而站在一旁的阿吉，只是冷眼看著兩人的動作。

胖男稍微挪動那張桌子，將它從角落搬出來一些，然後拿出打火機，準備點燃法燭，而瘦男則是在一旁警戒，擔心阿吉突然攻過來。

不過阿吉只是冷冷地看著兩人，並沒有任何動作。

胖男點燃了法燭，接著伸手到隨身側揹的袋子裡面，掏出了好幾張符。

這些符都是胖男收服的惡鬼，只要將符一燒，就可以放這些鬼魂出來，對付眼前這個男人。

「開壇是想看看我的怒火嗎？」阿吉嘴角浮現出一抹淺淺的笑。

接著兩人還來不及反應，只見阿吉用手一比，那桌上的法燭如一團大火爆開。

這一下來得突然，站在桌子旁邊的兩人被這一爆嚇到跳開，連站都站不穩，坐倒在一旁的地上。

雖然只是短短的一瞬間，但那團火大到幾乎要把桌子燒起來。

這團大火已經讓兩人嚇到說不出話來，等到兩人站起來一看，桌上哪裡還有法燭，只剩一灘蠟油，還兀自冒著泡。

這種功力，根本已經遠遠超過兩人所能想像的範圍。

這下子，兩人了解到自己不是踢到鐵板，根本是踢到一顆足以毀天滅地的炸彈。

要知道道士必須開法壇，才有機會展現功力，而在開壇對法之際，也是各開各壇，只有在功力相差極為懸殊的情況之下，才有可能出現這種「鳩佔鵲巢」的情況，用別人開的壇來施法。

這男人……是什麼東西啊？

為什麼什麼招式，感覺好像都對他無效？為什麼他可以擁有如此強大的功力？

就在兩人心中冒出一堆疑惑的時候，這也是兩人第一次察覺到，眼前這男人可能完全不是自己所能對付的恐怖對手。

當然，一直到現在為止，阿吉根本就還沒真正開始出手。

讓對方先動手的阿吉，只有兩個原因：

他想要知道對方的實力到底到哪裡，當然在與鍾家續對決的時候，讓鍾家續三分鐘，也是這個原因。

另外一個原因就是，他在培養著情緒。

在累積了半年之後，終於有了眼前這兩個兇嫌，可以好好承受一下他累積的恨意。

這時的阿吉耳中聽到的是小悅的笑聲。

那一年夏天，大學放暑假，阿吉特別挑了一個禮拜，南下跟小悅一起度過，順便拜訪一下頑固廟的好友。

那時候的阿吉已經算是出師了，留學後的阿畢，也正逐漸嶄露頭角，而高梓蓉也已經學會大部分的口訣。雖然這時候的阿畢，因為頑固廟的事情比較忙碌，沒多少時間可以跟兩人一起四處趴趴走，不過阿吉還是跟梓蓉兩人，到廟裡去找小悅。

兩人跟著小悅在夜裡烤肉，也因為這個緣故，那一年夏天阿吉聽到了，小悅最開心的笑聲。

那也是他看過，最美的笑容。

但是如今，再也沒有機會聽到這樣的笑聲了。

那一天，在五夫人廟弔唁小悅的時候，胸中那怒火就好像被緊緊包了起來，終於在半年之後找到一個宣洩的出口。

知道自己很可能踢到炸彈的兩人，臉上浮現出來的是恐懼的表情。

這一次，他們不再是獵人，而是獵物。

偏偏直到現在，他們還是不知道，眼前這男人到底是何方神聖。

「你到底……」瘦男瞪大雙眼驚恐地看著阿吉：「是什麼人？」

月光下，阿吉緩緩將手抬起來，擺出了魁星七式的起手式。

在這個後庭瘦小榕樹下，呂偉道長也曾經不知道擺過多少次這樣的姿勢了。

現在，他的徒弟，阿吉也擺出了這個相同的架式。

魁星七式起手式，這就是本家的證明。

這就是，一路傳承下來鍾馗派最正統的血脈，而且是北派的正統繼承人。

北派的繼承人從鍾馗祖師與本家的鍾姓子孫一路傳到了鍾烈，然後到鍾九首為止，都是由鍾馗祖師的子孫所繼承，在九首之後，開始了異姓繼承人之路，最後傳到了無偶、呂偉、阿吉。

那些口耳相傳的口訣，或許有所缺失，不過這個姿勢，即便經過了千年，也沒有半分改變。因為每一代的傳人，都是由上一代，仔細調教，慢慢磨練而成的。

千年始終沒有半分變質，就跟當年鍾馗祖師第一次擺出這個姿勢如出一轍。

「來啊，」阿吉瞪大雙眼叫道：「這就是你們鬼王派，夢寐以求想要殺掉的血脈。」

阿吉終於明白了，這才是自己的師父呂偉道長口中所說的那兩個字。

——這，就是宿命。

「我就是北派的傳人洪旻吉，」阿吉臉上浮現出一抹微笑：「你們聽到了嗎？鍾九首的呼喚，嘿嘿嘿，這就是你們當年的罪行所受的詛咒！不管你們兩個畜生的名字叫什麼，人逆靈，這就是你們的真名！」

阿吉的真實身分揭露的同時，兩人也終於明白，眼前這個男了，絕對不是他們過去所對付過的那些無法抵抗的一般人。

不過這個覺悟，來得太晚了。

阿吉看了一眼天上的明月。

看著吧！小悅！

內心呼喚著小悅，阿吉向前一動，瞬間欺近兩人。

阿吉一欺近，兩個人用完全不同的動作想要反抗，但是結局卻都是一樣，被阿吉整個打飛到空中轉了一圈。

什麼樣的人，可以讓人不管做出什麼動作，都是白搭。

掙扎、抵抗，根本都沒有用……

這男人……根本不是一般的強啊。

兩人就像被一陣龍捲風襲擊過一樣，倒地之前，才深刻地用肉體體驗到阿吉的強悍。

兩人或許在實力上，遠遠勝過鍾家續。但是判斷力，卻遠遠低於鍾家續，即便都已經變成了廢人般倒在地上，還是搞不清楚，自己為什麼會輸給這樣的男人。

月光下的阿吉，確實跟鍾家續所形容的一樣，跟魔王沒什麼兩樣。

這就是當年阿吉完全打不過阿畢的原因，阿畢用功力提升了自己的身體性能。導致阿吉根本沒辦法與之對抗。

當然最後，靠著強大的祖師假金身所賦予的功力，阿吉也用同樣的方法，超越了阿畢，一舉打倒阿畢。

如今，祖師鍾馗的元神雖然已經離去，但是那假金身的功力，卻殘留了下來。當然，頭上的那個洞也留下來了。

擊敗兩人的阿吉，仰天長嘯，淚水也流了下來。

看到了沒啊？小悅，這個無能的哥哥幫妳復仇啦！

阿吉內心大聲地對著天堂中的小悅叫道，不過現實卻什麼也做不到。

沒能趕在這一切發生之前，就阻止悲劇的發生。

甚至連悲劇發生之際，自己都不能在小悅的身邊。

然而就像當年的J女中決戰一樣，這些悲劇，竟然都只是宿命。

宿命什麼的……真他媽沉重啊。

4

一直到今天為止，只要清醒時的阿吉想要，閉上雙眼，就會看到當年J女中的慘狀。

對阿吉來說，當時的景象就好像史丹利．庫柏力克的電影《發條橘子》裡面，男主角被撐開眼皮，強迫看著恐怖、暴力的影片一樣，阿吉當時確實就處於這樣的狀況之下。

請來了祖師爺的金身之後，阿吉的意識就好像從駕駛座移到了後座一樣，單純成為了乘客，看著一幕幕恐怖的景象，在自己的眼前展現出來。

對於祖師爺的怒火，阿吉絕對可以體會，但是跟曉潔一樣，親眼見到這般恐怖的場面，任何人都沒有辦法心平氣和。

尤其是阿吉，對他來說，這些所謂的敵人，在幾個月前還是自己尊敬的長輩，也是對自己的師父存有緬懷之意的前輩，甚至有幾個跟自己同輩，有著些許交情的朋友。

不過事情會發展到今日的地步，阿吉也不是不能理解。

口訣，力量到底有多大？

這點阿吉也曾經想過，尤其是當年與自己師父呂偉道長對此爭執過，阿吉就問過自己。

擔心被濫用，這就是呂偉道長後來改變初衷的原因。

現在經過了這一切，阿吉終於了解到，原來師父始終是對的。

口耳相傳，即便因此有所缺失，也不應該傳錯人。

所謂的取捨，大概就是這樣。

凡事皆有輕重，孰輕孰重，本來就應該有所了解。

口訣遺失輕，被人濫用重。

但是曾幾何時，鍾馗派的所有人都迷失了方向。

阿吉知道這是錯的，因為自己也是錯誤的一員。

不管是曉潔還是玟珊，自己都還不夠了解，不，不只兩人，就算真正了解了一個人又如何？

因為到頭來一切都是選擇。

選擇用這樣的力量來做好事，還是滿足一己的私慾。

所謂的行善，重點不就是「行」也就是做，沒人說思善、懂善，因為那沒意義，整天想著善事，不算是一種善行。

就好像那些博愛座，叫別人起來讓座的正義魔人一樣，搶奪他人的座位，來實行自己的善行。那麼有心，何不隨身攜張板凳？就算是義賊，還是個賊啊！

因此就算是一個善良的人，也有可能行惡；反過來說，一個惡人，也有可能行善。

善與惡只有行為差別，跟本性似乎沒有絕對的關係，或許差別只有機率。善良的人有比較高的機率行善，如此而已。

一旦了解了這一點，就連阿吉自己都不知道，到底該怎麼挑選適合的人傳授這些口訣了。

這些日子，阿吉也一直問自己，到底當年的師父呂偉道長，是從哪個角度看到阿畢，知道他會行惡？

難道說……真的沒有辦法避免嗎？

然而，即便親眼看到了阿畢強化之後的樣子，阿吉還是認為，這不是口訣濫用的結果。

對於鍾馗派的分歧，阿吉認為兩派之間就像光與影，只是在亮度的差別，沒有所謂的正邪，之所以會有這些恩恩怨怨，都是因為人，並不是因為口訣本身。

但是今天，已經不是這樣的狀況了。

鬼王派濫殺無辜，連小悅都不放過。

尤其是看到眼前這胖瘦兩男，阿吉知道這不是人性的問題，這是……力量。

有力量，有錢，人就會改變。

所謂的絕對的權力帶來絕對的腐敗，根本是屁。

只要一丁點的權力，就會帶來一丁點的腐敗。

看看社會，管委會、家長會，乃至於一個公司、一個家庭，腐敗隨處可見。

——當一個人毫無忌憚，有很大的機會就會失去所謂的是非。

阿吉看著躺在地上，失去行動能力的兩人，心中浮現這樣的想法。

遠處的警笛聲逐漸靠近，救護車率先趕到。

雖然阿吉及時趕到，但是胖男在阿吉趕到之前，已經讓伯公受了傷，面對一個九十幾歲的老人家，胖男竟然毫不留情，所以在阿吉對付兩人的時候，安仔已經打電話叫了救護車。

安仔跟醫護人員，將伯公移到了門口，另外幾台車子也停在古廟前。

下車的是陳憶玨跟警方人員，陳憶玨看了一眼伯公的狀況之後，就派一名員警跟著安仔他們一起前往醫院，順便保護他們的安危。

陳憶玨趕到了後庭，就看到兩個被綁得跟螃蟹一樣的人，一動也不動地躺在了地上。

陳憶玨看了站在一旁的阿吉。

「別看我，」阿吉無奈：「是他們襲擊我，我是正當防衛。」

眼看兩人渾身是傷，動也不動的躺在地上，陳憶玨有點擔心。

「……我避開了他們的要害。」阿吉淡淡地說。

聽到阿吉這麼說，陳憶玨苦笑搖搖頭。

確實，還真是為難阿吉了。

要打成這樣不傷人性命，還真的需要很用心。

尤其是，小悅慘死的恨，陳憶玨知道對阿吉來說，根本跟殺親仇人一樣，兩人能撿回一條命，證明了阿吉還算冷靜。

「交給妳了，」阿吉沉著臉說：「一定要問出點東西來。」

「沒問題，」陳憶玨點了點頭：「放心吧。」

確實，現在這是最正確，也是最好的做法。

跟陳憶玨聯手，找出真正的兇手，也就是跟這兩人相關的人、事、物。

因為在跟兩人交手之下，阿吉相信光這兩個人，絕對不可能足以對付這麼多人。

雖然兩人不算弱，但是沒有強到可以橫行無阻。

更重要的是……他們不可能是無師自通，一定有人教他們這些技巧。

這也是陳憶玨跟阿吉，現在最寶貴的線索。

所以即便當下怒火攻心，阿吉還是沒有傷害他們兩人的性命。

陳憶玨跟其他警方，將五花大綁的兩人逮捕，答案，應該就在這兩人身上。

至少，阿吉跟陳憶玨是這麼期盼著，期盼這兩個人，可以帶他們到真兇的面前。

5

掛上手機，阿吉沉重地嘆了口氣。

送醫之後，安仔沒什麼大礙，不過伯公的狀況比較不穩定，還需要觀察。

想不到兩人才在這裡住沒幾天，就已經有鬼王派的人找上門了。

今晚的情況，一直讓玟珊聯想到自己父親當天，會不會也是遇到同樣的狀況。

「他們兩個就是兇手嗎？」玟珊問阿吉。

「有可能，」阿吉皺起眉頭說：「不過……情況不太對勁。」

當然，到底兩人是不是殺害鄧廟公與小悅的兇手，還需要經過警方的調查，現在兩人已經被陳憶玨與警察帶回去偵辦，相信過不久就會有些答案。

不過，阿吉卻覺得事情有點不太對勁。

聽到阿吉這麼說，玟珊當然想知道原因。

「怎麼說？」

「我的感覺很詭異，」阿吉說：「關於他們兩個人，從年紀看起來，雖然兩人跟我差不多大，不過該怎麼說……感覺……他們不像是從小就練功的人。」

「從什麼地方看出來的？」

「他們的腳步還有動作，」阿吉回答：「雖然乍看之下很熟練，不過……」

阿吉沉吟了一會，確實要將自己的感覺說出具體的狀況，有點困難，需要想一下。

「這麼說吧，」阿吉說：「就連鍾家續，都比他們還要熟練，鍾家續才是從小就練習鬼王派功夫的人。練功練到一個地步就好像……嗯，我想一下該怎麼說，對了！拿筷子！」

「筷子？」

「嗯，」阿吉點了點頭說：「妳如果仔細看，會發現很多人拿筷子的方法不一樣。」

「嗯。」

「先不論正確的拿筷子的方法是什麼，」阿吉接著說：「但是即便用錯誤的姿勢，還是可以使用。」

玟珊點了點頭。

「然而由於習慣成自然的關係，」阿吉說：「很多人成年後就沒辦法改變了，不管拿筷子的姿勢有多怪異，但是都已經習慣了，使用上沒有什麼大礙就好。」

「嗯……」玟珊點著頭，臉上卻浮現出疑惑：「這跟鬼王派的關係是……？」

「我曾經注意過我小時候的朋友，」阿吉用手比了個一說：「那些拿筷子的方法，其實多少也會影響到其他地方，例如拿筆的方法。」

「是喔？」這點玟珊倒是完全不知道。

「嗯，」阿吉點了點頭說：「至少在那幾個人的身上確實如此，後來好像有個老師看不下去他們的樣子，所以有糾正他們拿筷子的方式，雖然練習很久，姿勢看起來好像也很正確，使用上也沒什麼大礙，不過……你就是可以看得出來，那是改造過後的結果，不是天生就熟練的。當然，或許過了二十年後，你就看不出來了，不過在那個當下，我怎麼看就是怎麼不習慣，好像那些正確的拿法……才是錯的。」

玟珊歪著頭，不過實在有點難以想像。

「他們給我的感覺就像這樣，」阿吉說：「他們感覺還不像拿筷子那樣熟練，而是後來才學習這些東西，所以動作看起來雖然很正確，不過卻怎麼樣都覺得怪怪的，換句話說，他們可能……學習鬼王派的東西，並沒有那麼多年。肯定比妳跟曉潔還要久，不過遠遠不如我跟鍾家續……」

雖然不能說完全了解，不過還不至於不能想像，玟珊點了點頭。

「然後呢？詭異的地方是……？」

阿吉停頓了一下，然後凝視著玟珊說：「但是他們的實力，已經遠遠超過鍾家續了，這是第一個，也是最詭異的地方。」

雖然阿吉已經說出了最為關鍵的地方，但是玟珊還是一頭霧水的模樣，不過這當然不能怪玟珊，畢竟她對鍾馗派與鬼王派的事情，遠不如阿吉這樣了解，因此阿吉也只能不厭其煩地向她解釋。

在分裂成鬼王派之後，鍾家就是鬼王派的本家，身分與地位可以說遠比北派的繼承人還要高。

畢竟鬼王派的開山始祖，就是鍾家的人。不管是上溯到源頭的鍾馗祖師，還是鬼王派的開山祖師，都是鍾家的人，鍾家的地位當然也恢復到鍾馗派最一開始的模樣。

當然，也因為這個緣故，當年也有人認為，鬼王派之所以會脫離鍾馗派，就是本家不滿分裂之後的鍾馗派，對本家不夠敬重。

只是，鬼王派的產生與脫離，更衝擊了本家鍾家的地位，在那之後，只有北派尊本家為首，其他各家都對本家不再有任何尊敬的意思。

但是鬼王派，卻有著完全不同的面貌，鍾家本家是一切，歷代傳人也都是鍾家人。

就這樣一路傳承了數百年，鍾家的地位從來不曾動搖過，至少就阿吉所知是如此。

鍾家續是目前鬼王派的傳人，用通俗、夢幻一點的說法，他就是鬼王派的王子。

然而為什麼這個王子受的訓練，卻遠遠不如兩個嘍囉？

而能讓兩個嘍囉都比本家王子還要強悍的這一個家系，當家的到底有多強大的實力？

也就是說，在一個名為鬼王派的國度之中，鍾家續應該就是這個國度的王子，幾乎可以用至尊來形容。

但是他的財富，竟然會遠遠不如底下的小兵。

這就是讓阿吉覺得最詭異的地方。

在鍾馗派的本家也曾經出現過「鍾芳十二勇士」的傳奇故事，講述的就是元朝之役中，為了保護敗逃的鍾家傳人鍾芳，躲避鬼王派的追殺，十二個鍾馗派的道士，捨命只為保護鍾芳一命的故事。

本家都如此了，更何況鬼王派，打從一開始鍾家的地位就是備受尊崇，按理說不太可能會發生這樣的事情才對。

但是如今，阿吉卻嗅到了如此不尋常的味道。

難道說……鬼王派也分裂了嗎？

這就是阿吉現在擔心的，如果鬼王派真的也分裂了，那麼情況很有可能跟自己想像的不太一樣。

不過這個推測還是有點不對，畢竟如果分裂了，根本不會選擇在這樣的時機點，對本家出手。

當然，對於這些疑惑，現在也只能期望陳憶珏可以從那兩人身上得到些情報，所以阿吉並沒有太擔憂。

真正讓阿吉擔心的，就像阿吉自己說的一樣，每個人都有自己的弱點與優點，不管現在阿吉的實力有多強都沒有意義，因為如果不是在月光下的狀況之下，阿吉可能連路人都沒有辦法對付。

無法在夜裡以外的時間正常活動，絕對是自己的弱點、致命傷。

看著天上的月亮，阿吉的心中這麼想著。

如果被人知道了這件事情的話……

第7章・孤注一擲

1

鍾齊德死了，那種死法真的震驚了所有人。

原本被人打殘的右邊，完美複製到了左邊。

死狀之慘，就連調查的警官與檢察官都不禁皺眉。

只是，他們沒有任何人把此事跟這陣子發生的那幾起連續殺人事件連在一起。

畢竟鍾齊德並沒有像先前那些人一樣，由內部向外爆開，所以沒有被列為案件之一，當然也是正常的。

不過，這些對鍾家續來說，並不重要，因為在他的眼中，兇手只有阿吉一個人有可能。

當然鍾家續會有這樣的想法，似乎也不是不能夠理解。畢竟就手法來說，鍾齊德的半邊，就是阿吉的師父呂偉的傑作，現在連左邊也一樣慘遭毒手，不就證明了，是他弟子阿吉所為嗎？

手法相同，對鍾家續來說，就是最好的證明。

只是這對曉潔來說，真的就有很大的疑問了。

過去就曉潔所認識的阿吉，根本不可能那麼厲害，可以把人傷害到這種地步。

當然，如果是用真祖召喚的話，情況就另當別論了。

不過曉潔看過真祖召喚的狀況，鍾馗祖師的元神下凡，會把人傷害到這種地步嗎？

先不要說現場沒有鍾馗祖師下凡的那些焦黑腳印，光是看當年J女中的那場決戰中乾淨俐落的手法，根本就完全不一樣。

光是從狀況看起來，真的頗有模仿呂偉道長手法的模樣。

可是……如果兇手真的是阿吉，看起來會不會……像是某種程度的挑釁？

似乎有種比拚或者證明自己的味道，證明自己已經跟自己的師父呂偉道長一樣強？

如果兇手真的是阿吉，這兩年……到底發生了什麼事情？

在返回么洞八廟的路程中，這個問題一直縈繞在曉潔的心中。

除了這個之外，還有一點讓曉潔很介意。

該怎麼說呢？

曉潔覺得有點意外，雖然狀況可能有點不太一樣，不過想不到自己與鍾家續，都會選擇在這樣的時刻隱瞞警方。

不，又或者是深深了解到這整件事情，根本不可能交由第三者來解決。

倒不是說，不相信警方或者是想要私了，而是兩者之間的事情與狀況，恐怕不是一時之間說得完的。

鍾馗祖師一路傳承下來的口訣、鍾馗戲偶的導入、跳鍾馗的改良、血染鍾馗的恩怨、十二門時代、分家互鬥、鍾九首傳奇，然後到現在已經到了家恨、國恨都分不清楚的狀況。

這實在是沒辦法由其他人來論斷的事情了，正所謂清官難斷家務事，更何況這是長達千年的家務事。

曉潔跟亞嵐回到么洞八廟。

這幾天的經歷，真的讓兩人精疲力盡，所以回到么洞八廟之後，兩人一回到曉潔的房間裡面，都立刻癱倒在床上與椅子上。

本來好不容易找到了一點方向，但是計畫永遠趕不上變化，看樣子鍾家續現在應該也不會再跟自己合作了。

接下來到底該怎麼辦？

其實這個問題，打從一開始就像揮之不去的念頭，一直縈繞在腦海之中。

比起未來的路，更讓曉潔在意的反而是過去。

過去到底發生了什麼，這點曉潔怎麼想都不明白。

不要說阿吉這兩年的遭遇，到底是什麼讓他變成這樣，又到底為什麼明明還活著，卻不願意回來這些事情。

光是鍾家續的父親，過去跟呂偉道長之間的恩怨，就已經讓曉潔混亂至極。

原本那件事情，曉潔跟亞嵐都相信鍾家續所說的，但是現在連鍾家續自己都混亂了。

關鍵就在，鍾家續見過呂偉道長，而且呂偉道長並沒有傷害他。

所以鍾家續才會陷入混亂，呂偉並沒有傷害任何人，那麼那年到底發生了什麼事情？

住在這座廟宇已經兩年，也是現在這座廟宇的負責人，但是，曉潔卻一點也不了解，這座廟宇的創辦人呂偉道長，或許現在是時候，該好好了解一下了。

第二天，在休息了一晚之後的曉潔與亞嵐，一起來到了何嬤面前，希望何嬤可以多說些關於呂偉道長的事情，尤其是，在呂偉道長創辦這座廟之前的事情，因為照時間點來推算，這座廟是在鍾齊德受了那個重創之後幾年才建立的。

所以在建立這座廟之前的呂偉道長，才是兩人真正想知道的。

只是遺憾的是，何嬤是在那之後才認識呂偉道長的，所以知道的也不多。

「老爺不喜歡提到過去，」何嬤說：「我也絕對不會過問，不只有我，少爺也不過問。」

當然，何嬤口中的老爺就是呂偉道長，而少爺自然就是阿吉。

聽到何嬤這麼說，兩人都非常失望，看樣子真的沒辦法得知了。

「不過在這裡待久了，」何嬤接著說：「在老爺過世之後，陸陸續續都有全國各地的道長，前來弔唁他，當然，在面對著照片流淚之際，也會說出一些關於老爺的事情，久而久之自然就會聽到很多東西。」

聽到何嬤的話，兩人立刻又充滿了希望地看著何嬤。

「我從來不提的，」何嬤說：「不過……現在事情變成這樣，我把我知道的盡可能告訴妳。而前來弔唁的那些道長，大部分都是上了年紀的，他們除了說什麼經度緯度……的東西……」

曉潔知道，何嬤這邊說的就是「鍾馗經緯」。

曉潔為聽得一頭霧水的亞嵐解說，所謂的鍾馗經緯，就是呂偉跟劉易經。

「大部分的人，」何嬤說：「提到老爺，都會提到另外一個人。」

那個人不是別人，就是光道長，也就是所謂的「光與偉的時代」。

而何嬤，也就東聽一點、西聽一點地，拼湊出一點那個時代的榮光。

※

——那一天，無偶道長帶著一個年輕人，來到了劉瑜光的面前。

「從今天開始，」無偶道長對光說：「他就是你的師弟了。」

「你好！」那年輕人大聲地叫道：「我叫呂偉！」

「我是劉瑜光，」光用手挖了挖自己微痛的耳朵：「天啊，你的嗓門不會太大了嗎？」

「師兄！」年輕人燦爛地笑著對光鞠躬說：「從今天開始！請多多指教！」

無偶道長的後庭，種著一株榕樹，而那天過後，就在那株榕樹下，光與偉，兩個未來轟動鍾馗派的年輕人，日以繼夜在那邊練習。

幾年後，兩人學成出師。

真的是苦讀十年無人問，一舉成名天下知，北派出了兩個非常強大的道長，這事情逐漸傳開來。

歷經了無偶道長這灰暗的時代，沒沒無聞到北派都快要落淚的時代，終於出現了兩個揚眉吐氣的大人物，當然讓鍾馗派上下頓時都活絡了起來。

不過，兩師兄弟的師父無偶道長，仍舊跟過去一樣深居簡出。

幾乎不管什麼事情，都是由兩師兄弟出面。

而兩人的身手與才能，也算是宣布光與偉的時代正式來臨。

光沉著穩重，偉樂觀開朗，就好像一體兩面，互相補足。

更重要的是，兩師兄弟感情非常融洽。

就像那些被塵封在浴室牆壁中的隔間，所收藏的那些相片一樣。

到底發生了什麼事情，讓樂觀開朗的呂偉，徹底失去了笑容，變成了何嬤所認識的那位總是想太多的道長，而光與偉之間到底又為何徹底決裂。無偶道長又為什麼可以教出如此強大的兩個弟子，不管是誰，都沒辦法說個分明。

這些疑惑堪稱是北派史上最大的謎團。

而一切就跟亞嵐所提出的問題一樣，為什麼會在如此凋零的時代之中，天才輩出、高手雲集。

一切都像螺旋的基因一樣，互相有著關聯，只是這時候沒有任何人發現這點而已。

2

由於家中發生了那件不幸的命案，所以警方安排鍾家續在附近的旅館過夜。

當然警方就駐守在旁，美其名還是保護鍾家續，不過實際上因為鍾家續涉有重嫌。

第二天一早，鍾家續就被警方帶到了分局偵訊室。

經過警方調查，由於鍾家續的時間交代不清，所以也被警方列為重要關係人。

這對鍾家續來說，當然也是非常慘痛的打擊。

自己的父親被殺了，還因為自己剛好這幾天沒有回家，導致拖遲了父親被人發現的時間，加上離家前跟父親的爭執，導致自己也被懷疑，這實在是太雪上加霜了。

面對警方的偵訊，鍾家續的腦海幾乎都是一片空白，因為對鍾家續來說，自己是不是殺害父親的兇手，根本不需要去釐清。畢竟在他心中，已經有了一個兇手的人選，那就是擁有跟魔王一樣實力的阿吉。

只是這樣的態度，不免讓警方更加懷疑鍾家續，不過一切還是得要等到鍾齊德的驗屍報告出爐，這樣如果要進行逮捕也比較不會出錯。

至少，也要等法醫確定死亡時間，才能夠做出最後的判斷。

因此不管是警方、檢察官還是鍾家續，都靜靜地等著法醫那邊的結果。

終於，在經過了一個上午的等待之後，有了初步的結果。

根據法醫的檢驗，鍾齊德被殺的那天晚上，是在兩人爭執之後接近凌晨時分的夜晚，換句話說，是在鍾家續離開家之後的那天晚上死亡的。

鍾家續在下午離開了家，之後一直到發現屍體的這一天才回來。這之中不要說曉潔等人，就連C大的教官也可以證明，而且C大附近的監視器也確實拍到了鍾家續的身影。

也就是說，鍾家續的確有不在場證明。

這下當然出乎了警方意料之外，畢竟在法醫檢驗的報告還沒出爐之前，有不少同仁已經將鍾家續視為兇手了，因此當報告出來的時候，讓不少人傻眼。

不過，就連鍾家續自己本身，也對這份報告感覺到震驚。

法醫的檢驗報告在證明了鍾家續的清白同時，也證明了……阿吉的清白，因為那段時間，鍾家續正在月光下與其展開對決。

換句話說，殺害父親的人並不是阿吉，而是另有其人。

這下就讓鍾家續非常混亂。

當警方問他父親是否有什麼仇家的時候，鍾家續下意識地想到阿吉，彷彿全世界所謂的仇家，就只有阿吉一個人而已。

不過事後冷靜想想，確實也只有阿吉一個人而已。

因為所謂的「仇家」，指的就是鍾馗派這個本家，而這個本家目前除了阿吉與曉潔之外，應該就沒有其他人了啊。

既然這樣的話，這仇家到底是哪裡來的？

還有誰會用與呂偉道長同樣的手段，來對付自己的父親？

這就是鍾家續怎麼想都想不到的問題啊。

就警方的立場來說，還好有等到這份報告，證明了鍾家續的清白，不然就抓錯人了，不過相對地，鍾家續的清白也說明了警方又得要重新尋找其他嫌疑犯。

但既然鍾家續已經有了不在場的證明，警方也不方便再繼續扣留他，只能放了他。

離開警局的鍾家續，有點茫然。

接下來，到底該怎麼辦？鍾家續自己也不清楚。

不過有一件事情，鍾家續很明白。

鍾家續知道，自己真的錯怪曉潔了。

不，或許打從一開始就知道，不過因為面對自己父親的慘死，才會一時情緒失控。

等到自己被警方扣留，冷靜下來後，才知道就算殺人兇手真的是阿吉，曉潔仍然是救過他一命的人。

畢竟在月光下的對決中，如果不是曉潔出手相救，自己早就……

想到這裡，肩膀還隱隱作痛。

想不到一個傷，可以給自己帶來那麼多問題與感受，實在讓鍾家續感覺難以置信。

對警方來說，這傷是跟父親爭執時所受的傷，但是對自己來說，這傷是自身無能的證明。

明明被撞歪了，那力道卻還如此恐怖，很難想像如果那一下力道正了，自己有多少骨頭會碎裂，有多少條命都不夠死。

人……真的可以鍛鍊到那種地步？

如果真的要用一般人都能夠理解的方式來形容，光是看阿吉的功力，直接直白地形容的話，大概就是一個人一腳就把一輛轎車踢翻。

不管是誰，恐怕看了都會目瞪口呆吧？

就算是紙紮的，要踢翻一台轎車大小的東西，也有一定的難度。

光是那視覺效果的震撼，就已經足以讓人瞠目結舌，更不要說他那精緻細膩又豪放的戲偶操作，光是戲偶奔向曉潔那一幕，在舞台上演出的話，恐怕真的會看得底下的觀眾拍手噴淚大聲叫好吧？

鍾家續的頭無力地垂了下來。

……直接殺了我好像比較快。

目睹這種實力差距，鍾家續真的有種乾脆直接投降比較實在的感覺。

苦就苦在，這些年經過鬼王派一家的教育，聽到本家就熱血沸騰的血脈，實在不甘願就這樣棄械投降。

不過就連鍾家續也知道，就算給他十年的時間，把阿吉敲暈十年，自己單方面鍛鍊成長，也不太可能追得上阿吉的實力。

魔王……真的是魔王。

不過這些都尚在其次，更重要的是……曉潔。

「唉……」想到曉潔，鍾家續又重重地嘆了一口氣。

如果這世界上真的有時光機，此刻鍾家續最希望做的事情，就是坐上時光機，回去昨天那個當下，阻止自己說出那些傷人的話。

有句成語叫做「負荊請罪」，現在鍾家續真的覺得唯有裸身背負著荊棘，刺得自己滿身是血，或許才能表達出自己此刻心中的強烈歉意。

別人救了自己一命，甚至不惜跟自己最敬愛的師父對立，這他媽的以身相許都可以了，自己還……

唉，好想死。

父親慘死的打擊，對自身感覺到的無力，再加上曉潔的事情，鍾家續從來都不知道，人生原來可以絕望到這種地步。

看著自己的腳，鍾家續知道，此刻也只能一個一個面對。

在困境的時候，也只能一步接著一步，慢慢地向前。

不管腳步有多沉重，目標有多遙遠，現在能做的，也只有一步一步向前走。

而現在的他，最重要的就是先處理父親的後事，然後……

鍾家續勉強振作起精神，然後邁開腳步，朝著前方踏出了第一步。

3

么洞八廟曉潔的房間中。

曉潔躺在床上，看著天花板，亞嵐坐在旁邊，也是愣愣地看著前方。

雖然從何嬤那邊，聽到了很多關於呂偉道長的事情，也知道有許多事情，跟自己的印象不太一樣。

據說就連何嬤自己也很存疑，呂偉道長年輕的時候，真的是那種熱血開朗的青年嗎？不過既然大家都這樣說，何嬤也只是轉述別人說的話。

至少，在何嬤認識呂偉道長之後，他倒是沒什麼變，永遠是一副憂國憂民的模樣。

光是從呂偉道長生命紀念館牆上的那些照片，多少也可以看得出來，何嬤所說的話是真的。照片裡面不管跟什麼樣的政治人物合影，呂偉道長表現出來的模樣，一點也不開朗，不過好像也不能說是不悅還是板著臉，如果真的要形容，那麼曉潔或許會用滄桑這兩個字來形容。對，雖然面帶著微笑，不過呂偉道長的笑，不知道為什麼，都給人一種滄桑的感覺。

這時曉潔想起了當時在隔壁浴室發現的房間，裡面有看過呂偉道長跟光道長的合影，確實那張照片當時就給曉潔這樣的感覺。

總覺得裡面的呂偉道長，看起來跟生命紀念館的不太一樣。

現在仔細想想，除了變瘦了點之外，最大的不同，就在於呂偉道長臉上的表情。

想到這裡，曉潔突然坐起來，讓一旁原本也愣愣地想著事情的亞嵐嚇了好大一跳。

「妳是怎樣？」亞嵐問。

「對，我想到了！」曉潔叫道：「隔壁！」

「隔壁？」亞嵐一臉狐疑：「不是浴室嗎？怎樣？妳想洗澡？」

「不是，」曉潔說：「浴室的那間儲藏室裡面，好像有很多呂偉道長以前的東西。」

亞嵐曾經不少次在么洞八廟過夜，同樣身為女生，當然是使用曉潔隔壁這間可以上鎖的浴室，所以也知道在那間浴室裡面，有這麼一間奇怪的儲藏室。

曉潔雖然只在發現那個隔間之後看過一眼，裡面放的好像都是一些呂偉道長在創立么洞八廟以前的東西。

看來何嬤說得沒錯，對於過去，呂偉道長確實很不喜歡提及，就連那些過去的照片，也全部都被封藏在那間沒有出口的房間之中。

不過如果是現在的話，或許那個房間裡面，會有一些比較珍貴的線索也說不定。

這麼想的曉潔，帶著亞嵐，來到了浴室裡面的那個儲物間。

雖然加裝了門，不過因為位於浴室的關係，擔心濕氣太重損害到裡面的東西，所以這扇門平常能不開就盡量不開，事實上在裝了這扇門後，曉潔一次也沒有開啟過這扇門。

裡面的東西因為塵封已久，所以難免會有一些灰塵，兩人稍微看了一下之後，搬了其中一箱裝有照片的箱子，回到曉潔的房間將箱子打開，然後仔細看看裡面的東西。

遺憾的是，本來看上面的相框，還以為裡面滿滿都會是照片，沒想到照片只有上面那幾張。尤其是這幾張照片，都是光道長與呂偉道長的合照。

雖然曉潔看過這幾張照片，但是亞嵐沒有看過。

亞嵐將照片拿起來仔細端詳一下，照片中的呂偉道長跟光道長，確實如何嬤說的一樣，感情似乎很好，而在兩人後面的，聽曉潔解釋，應該就是兩人的師父，也就是被人稱為無偶道長的男子。

看著無偶道長的臉，亞嵐皺起了眉頭。

因為不知道為什麼，總覺得無偶道長有種熟悉的感覺。

看到亞嵐的模樣，曉潔問了一下。

「該怎麼說……」亞嵐一臉為難：「我也不會說，就有種似曾相識的感覺。」

聽到亞嵐這麼說，曉潔也湊過去看一眼。

由於照片的時間有點久遠，加上當時的相機解析度並不如現在那麼高，因此其實照片並沒有很清晰，雖然輪廓還是看得清楚，不過有些細節的地方，有點模糊。

可能因為聽到亞嵐這麼說，曉潔也真的有點這樣的感覺。

「會不會是神韻……？」曉潔說：「感覺跟呂偉道長在二樓的那些照片有點像。」

「嗯……」亞嵐不置可否地點點頭。

確實就神韻來說，呂偉道長跟無偶道長的笑容，都顯得有點滄桑，不過總覺得似乎不只有如此，不過亞嵐也說不上來。

就在兩人努力研究到底是哪裡給兩人這樣的感覺時，突然一陣敲門的聲音傳來。

「曉潔，」說話的是廟方人員阿賀：「有妳的訪客。」

聽到阿賀這麼說，兩人互看一眼，然後將相片收回箱子裡。

剛打開門，就看到阿賀擠眉弄眼的模樣，曉潔歪過頭，看到阿賀的身後，站著一個熟悉的人。

那人不是別人，正是鍾家續。

看到鍾家續，曉潔不得不承認有點意外，也有點高興。

畢竟最後鍾家續被警方帶走之前，才說過那樣的話，曉潔也曾經苦惱該怎麼跟他說，她覺得兇手不是阿吉，可是又擔心鍾家續聽不進去。

想不到過了一天之後，鍾家續自己登門了，這對曉潔來說，當然是件最好的事情。

等到阿賀離開之後，三人沉默了一會，曉潔跟亞嵐互看一眼，鍾家續則是低著頭。

「你……還好吧？」曉潔打破沉默。

「我……」鍾家續一臉為難：「我是想來說……對不起，我是一時……」

曉潔搖搖頭示意鍾家續不用說下去。

信賴，很不容易，但是摧毀對一個人的信賴，卻很容易。

或許這就是信賴的本質，因為信賴得來不易，才更需要珍惜，才值得託付。

過去，一直都是曉潔要求對方無條件的信任，現在或許是自己該回饋的時候了。

「我知道，阿吉不是兇手。」鍾家續說。

「你怎麼知道的？」曉潔訝異。

鍾家續把警方告訴他的事情，告訴了曉潔。

鍾齊德是在阿吉突然出現在三人面前的那段時間死亡的。

「也就是說，」曉潔說：「你爸是在我們那個時候被人……」

鍾家續點了點頭。

雖然鍾齊德的死亡，對曉潔來說，也是場悲劇。

正如鍾家續曾經跟曉潔說過的話，沒有任何人應該這樣結束自己的一生。

不過不管怎樣，兩人在命運上都已經是共同體了，這時候根本不可能再分彼此了。

「讓我們一起，找出真正的兇手吧。」曉潔說。

「嗯。」鍾家續點了點頭。

雖然很慶幸兩人不會再因為彼此的猜疑與不信任，繞了一堆不必要的路，然而，這條漫長又艱辛痛苦的道路，現在才正要開始。

而一場風暴，也正逐漸靠近，現在的一切，不過就只是外圍的環流而已。

4

在陳憶玨押走那兩個人之後，阿吉又回到了皓呆的狀態。

面對只剩下自己一個人的古廟，讓玟珊感覺到有點不安，不過由於伯公受了傷，需要留院觀察的關係，這也是沒有辦法的事情。

第二天上午，玟珊接到了陳憶玨的電話，陳憶玨要阿吉清醒之後打給她。

等到了晚上，阿吉一醒過來，玟珊便將陳憶玨來電的事情告訴阿吉。

阿吉立刻拿出手機，打了電話給陳憶玨。

「兩個人名字叫做彭智堯、張品東，」陳憶玨將報告的結果告訴阿吉：「資料上顯示，其中一個彭智堯就是比較胖的那一個，是七年前去日本的留學生，另外一個，在大概四年前到日本工作，兩人都是在兩年前從日本回到台灣。」

「……日本？」

「嗯。」

阿吉聽了之後，低頭想了一下。

或許從某個角度來說，日本這點是可以理解的。

首先就現在台灣的狀況來說，不管是本家還是鬼王派，大部分都是在二戰後的那波動亂之後，來到台灣定居的。除了北派本身就跟台灣有淵源之外，其他幾乎都是那時候來到台灣。

不過這是普遍的認知，但是如果要說當時在動亂時代，鬼王派有其中一家逃往日本的話，似乎也不是完全不可能的事情。

不過……按理說應該不會才對，在那個動亂的時代，先別說政治立場方面，中華民族跟日本有敵對的問題。光是那個鬼王派最懼怕的鍾九首……

因為鍾九首曾經在日本長大過，而且聽說那時候的日本還有些當時鍾九首的北派弟子，所以那時候的日本應該是他們不會想要去的地方才對。

不過明知山有虎，偏向虎山行，最危險的地方，往往是最安全的地方，或許就是因為這樣的原因，其中有一家在當時冒險前往日本，反而遠離了台灣，因此得以保存下來，似乎也沒有那麼難以置信。

因為就目前阿吉所了解，日本確實已經沒有北派的弟子，也沒有其他派的……

等等。

阿吉突然想到，自己目前考慮的都是在其他國家土生土長的門人，但是如果生在台灣，學了鍾馗派的功夫，後來移民到日本去的，阿吉知道的至少就有兩個，一個是東派，另外一個是西派。

只是移民到了日本，自然跟鍾馗派比較沒有往來，其他國家也有，不過算算應該不會超過兩隻手的人數才對。

如果鍾馗派都如此了，那麼鬼王派呢？

會不會當時在戰亂的時候，有少數幾家，逃到其他國家呢？然後過些時日，等到風聲沒有那麼緊，再移居日本或台灣……

「他們兩個什麼都不願意說，」電話的那一頭，陳憶玨說：「我們這邊還在積極偵辦，希望可以找到更多關於他們的線索。」

電話中，陳憶玨又向阿吉問了一些關於鬼王派的事情，畢竟對於這個門派，陳憶玨所知有限，所以還有很多搞不懂的地方，需要阿吉協助。

當然，其中最需要注意的地方，阿吉也提醒了陳憶玨。

例如：雙手絕對要上銬，而且如果可以的話，還需要加上腳鐐，然後必須嚴格搜身，絕對不能讓他們身上帶著符咒之類的東西。

這些其實都是為了保護那些押解他們的人員安全，畢竟他們只要有了符咒，加上他們長年的修行，只要一不小心放他們雙手自由，很有可能造成不必要的傷亡。

在兩人通電話的期間，安仔回來了。

掛上電話後，阿吉找上安仔。

「伯公的狀況怎麼樣？」

「很不好，」安仔說：「時醒時昏，不過他好像……有預期到這些人遲早會來。」

「怎麼說？」

「因為阿公醒來的時候，」安仔皺著眉頭說：「一直在說什麼，鬼……終究還是來了。」

當然阿吉知道，這裡所謂的鬼，就是鬼王派。

問題是，為什麼伯公會預期到鬼王派終究會來？

看著安仔一臉擔心的模樣，阿吉淡淡地笑著拍了拍他的肩膀。

「放心吧，」阿吉笑著說：「我們……是專門打鬼的。不管是真鬼，還是假鬼。」

安仔聽了，臉上勉強露出一抹微笑。

「伯公就拜託你了，」阿吉說：「這段時間，廟就由我來顧，你專心照顧伯公就可以了。

我有很多問題想要問問伯公，不過當然要等他好轉之後，麻煩你了。」

「嗯，」安仔點點頭說：「我去收拾一些東西，一會就去醫院。」

安仔說完之後，轉身回到屋內，繼續收拾他的東西。

伯公一直在等鬼王派嗎？

阿吉轉頭看著那棵瘦小的榕樹。

看樣子也只能等伯公狀況穩定之後，才能得到答案。

宿命……是嗎？

5

而就在陳憶玒跟阿吉通電話，交換著情報與意見之際。

看守所中，彭智堯與張品東被關在個人房之中。

一切就像阿吉說的一樣，所有的傷勢都只是皮外傷，基本上上點藥膏就沒事了。至於內傷的部分，也都沒有大礙，因此兩人在醫院稍微包紮治療之後，就被送到這裡。

由於兩人關係到這兩年來的幾起殺人事件，因此警方這邊也不敢大意，將兩人分關於個人牢房中。

兩人被送來之後，因為傷勢的關係，一直靜靜地躺在床上休養。

這時看守所的工作人員走了進來。

「彭智堯與張品東，」其中一人對兩人叫道：「你們兩個人的律師來了。」

兩人聽了張開眼睛，然後隔著鐵欄杆互看了一眼。

看守所的另外一頭，會客室之中，一個戴著墨鏡的男子坐在那裡。

會客室的監控室中，幾個監控人員看到了男子的模樣，不以為然地討論著這個在夜晚的室內還戴著墨鏡的律師。

「搞什麼？他是瞎子嗎？」

「裝模作樣吧，自以為帥。」

不過，似乎也沒法律規定，律師進入室內得要脫下太陽眼鏡，因此兩人也只能隔著一面牆壁在隔壁私下抱怨。

等了一會之後，彭智堯與張品東被帶了進來。

兩人在律師的對面坐下來，等到其他人員離開之後，律師將眼鏡拿下來，那兩顆眼珠的模樣，讓兩人看了立刻倒抽一口氣。

當然，這是乍看之下的反應，因為那律師的一對眼睛，眼珠看向不同的方向，看起來模樣十分詭異。

不過兩人看了一眼之後，立刻知道這是怎麼一回事，因為這就是他們家的技巧之一。

兩人在被阿吉打倒之後，立刻暈了過去，等到張開雙眼的時候，已經是雙手上銬，在醫院治療。

被帶回警局後，兩人一直都不肯合作，表示一定要等律師來才願意配合。

於是到了晚上，兩人的律師終於來到了看守所與兩人會面。

監視器畫面裡，兩人與律師的會談持續了好一陣子。

只是不知道為什麼，看起來三人都沒有說話，臉上的表情也沒有多少變化，甚至連肢體動作都很少。

由於監視器畫面聽不到聲音，因此像是這樣的狀況，本來看起來就會比較奇怪，但是像三人一樣，完全沒有動作的狀況，也實屬罕見。

不過會面本來就有時間限制，至於他們要在限制的時間裡面，說些什麼或者是像這樣坐著不動，也是他們的自由，只要不違規，沒有不必要的肢體接觸，所方這邊也不會多加干涉。

會客的時間一分一秒過去，由於案件敏感又特殊，所以監視人員一直緊盯著畫面，這時彭智堯與張品東兩人一起站了起來，看樣子似乎已經結束了會談。

正當監視人員這麼想，要叫人進去的時候，只見兩人身子一轉，雙手被上銬的兩人，竟然突然朝著對方脖子一靠，互相咬向對方的脖子。

這一下來得十分突然，也出乎眾人意料之外，待監視人員回過神來，雙方已向後一仰，脖子宛如噴泉般，噴出了大量的鮮血。

所方人員立刻衝進會客室，然而為時已晚，兩人互咬的力道遠超過常人所能想像，那傷口讓脖子瞬間缺了個洞，大量的失血讓兩人立刻失去了生命跡象。

會客室裡面，只剩下那個律師，滿臉濺滿了血，卻面帶微笑。

所方立刻將兩人送醫，但是最後仍然沒能挽回兩人的性命。

兩人死了，目的當然只有一個，就是要斷了可以循線找出源頭的機會。

兩人的死，不但不是一個結束，相反地，只是一個開始而已。

6

結束和陳憶玨的通話之後，阿吉去洗澡，剩下玟珊一個人，獨自站在後庭。

雖然說這幾天因為接二連三的事情，導致兩人相處的時間變少了，不過跟在阿吉身邊，還是聽到了很多事情。

現在的阿吉，似乎真的不算是完全依賴著月光，就算片刻離開月光的照射，也能暫時保持清醒。

想不到短短幾年的光陰，很明顯有了很大的進步。說不定再這樣下去，阿吉真的可以完全康復。

兩人一起漫步在陽光底下，也不是夢想了。

搖搖頭，玟珊把這些對於未來美好的想像拋出腦外，現在絕對不是分心的時候。

這幾天因為事情真的太多，導致玟珊都沒能好好練習，所以趁著這個空檔，玟珊想要練習一下自己的操偶。

尤其是在親眼看到曉潔之後，希望變強的渴望，在玟珊的心中燃燒。

雖然阿吉可以感覺到，在操偶的天分方面，玟珊確實比曉潔好，不過不管多麼有天分，也需要累積練習的經驗才行，兩人在這方面就有著非常顯著的差距。

玟珊至今也不過才學半年，曉潔則是已經練習了兩年，就現階段來說，玟珊連跳鍾馗都沒辦法完成。

因此趁著阿吉在洗澡之際，玟珊拿出了自己的練習戲偶，在後庭練習了起來。

腦海裡浮現的是，阿吉操偶時帥氣的模樣，還有手下戲偶那栩栩如生的活力，感覺就好像真的活人一樣。

自己完全無法想像，明明就是一樣靠這幾條線繩，為什麼阿吉可以操作得如此細緻，自己卻感覺好像肢體障礙一樣，不只有戲偶看起來像肢體障礙，就連操偶時候的自己，也像是肢體障礙。

現在的玟珊不要說讓戲偶做出任何「動作」，光是要將戲偶從甲地移至乙地都明顯有困難。

每一次不是太大力，不然就是力道不夠，完全沒有辦法順利移到定點。要知道，跳鍾馗最重要的就是腳步與方位，因此在移動戲偶方面，也需要很精準才行。

玟珊看準了方位，將手一收，將練習用的戲偶一帶，但是力道又過度，導致戲偶最後還是錯過了方位。

「手要再柔一點，」阿吉的聲音從身後傳來：「不要硬拉，要把戲偶當成自己身體的一部分，妳的大腿不會扯妳的小腿，大腦下指令的時候，也不會想要操控妳的手腳，所以不要用力量去控制。」

轉頭看著阿吉，阿吉洗完了澡，穿著著輕便的便服，渾身散發著熱氣，站在走廊上看著自己。

「妳向左，」阿吉認真地說：「它就會向左，自然而然。只要熟悉就不會很困難，不要有那種操作戲偶的想法，越是那樣想，就越容易讓妳跟戲偶之間無法同步。」

玟珊點了點頭，回過身來，試著照阿吉所說的做。

以自己的身子為主，不再集中控制著手上的力道，而是將手微微固定，用身體來帶動整個戲偶。

一動之下，玟珊立刻感覺到了不同。如阿吉所說的，用這樣的方法，確實比較容易控制戲偶的動向，果然再試一次，就精準地到了自己想要的位置。

不愧是操偶的天才，就連教人心得也特別準確有訣竅。

玟珊立刻開心地回過頭，卻看到阿吉已經沒有在注意自己。

阿吉沉著臉看著那棵榕樹。

看到阿吉，玟珊想起了這幾天發生的事情，一定讓他的心裡很難受吧？

不過，阿吉卻一個字也沒有說，對於他的苦，他默默地承受著。

看到這樣的阿吉，確實讓玟珊感覺到心疼。

阿吉卻完全沒有注意到玟珊的心思。

阿吉看著後庭這塊小小的空地，比鄧家廟的前庭還要小，這塊看起來不起眼的空地，就是光與偉成長的地方。

而這座廟宇，就是兩師兄弟的師父，被稱為無偶道長的根據地。

他們兩個當年就是在這座小廟的後面，學習著鍾馗派的口訣與技巧。

當年鍾馗派還是四分五裂的狀況，雖然在清朝時一度因為鍾九首的死而凝聚在一起的鍾馗派，但是因為彼此利益的關係，再度四分五裂，各掃門前雪。

即便已經打倒了鬼王派，鍾馗派仍然潦倒。

過去鬼王派的誕生，就是因為本家的許多問題，因此即便沒有了鬼王派，這些問題仍然存在。

而鍾馗派的潦倒與衰落，也成了不變的事實。

即便有了當年的大團結，但是很快地又陷入四分五裂，然後各自衰敗的命運。

一切都是因為口訣缺失太多，導致威力大減。

功力不再的狀況之下，潦倒成為他們不變的命運。

就是在這個時代之中，一個好像很厲害的傳奇人物出現了，他有了兩個非常強大的徒弟，一個是光、一個是偉。

這兩個師兄弟，在這位強大師父的教導之下，最後都成為了名震天下的大道長。

一個成為了一零八道長，一個則是七十九道長，不管哪一個都是近百年來的道長，無人能望其項背的。

只是……光卻永遠只活在呂偉的陰影之下，這不應該是光期望的情況，所以兩人因此決裂，但真的是如此嗎？兩人之間到底為什麼決裂？鬼王派到底又是如何介入本家的事情的？

而當年呂偉道長，其實在自己師父死後，一度想要放棄道長之職，後來周遊台灣名為散心，卻踏上了尋回鍾馗四寶的旅程。

到底是什麼讓他想要放棄道長？又是什麼讓他重新拾回信心？

這些問題在阿吉心中都沒有半點答案。

看著這棵瘦小的榕樹，阿吉的內心真的非常迷惘。

師父啊……我到底該怎麼做啊？

只是阿吉恐怕作夢也想不到，當年，呂偉道長也跟他現在一樣，望著這棵榕樹，然後祈求已經往生的師父，可以給自己一個方向。

差別只在於，當年呂偉道長這麼做的時候，是在那場席捲鍾馗派的風暴之後，而在這之後，他展開了一段旅程找回了鍾馗四寶。

但是現在的阿吉，卻是在風暴之前，一場看不見的毀滅風暴，正逐漸朝著自己而來，阿吉這些疑惑的答案，也靜靜在風暴之中，等待著他的到來。

而鍾馗派與鬼王派，也即將迎來他們最悲壯的一頁歷史。

熟悉的一切，將徹底改變。

後記

大家好，我是龍雲。

首先還是要對支持驅魔系列的讀者朋友們說聲謝謝與抱歉，這一次真的讓大家久等了。

雖然說早在第一部完結時，就已經構思好接下來兩部的劇情與結構，但是實際動手寫第三部的時候，卻比自己想像的還要辛苦許多。

不只有現實生活上遇到許多考驗與狀況，在寫作方面也出現了廢棄不用的稿子快要多過本篇小說的情況。

不過不管怎麼說，最後還是順利完成了作品，並且送到了各位面前，也算是有了最好的結果。

至於本系列，也即將在這一部結束之後，畫下句點。關於鍾馗派與鬼王派之間的紛爭，也會在第三部之中有最完整的交代。

希望大家可以一直看到最後，也再次謝謝大家的支持與鼓勵。

最後還是跟過去一樣，希望這一次的作品大家會喜歡，那麼我們下一集再見。

龍雲

龍雲作品 27

驅魔少女：月下戰塵

國家圖書館出版品預行編目資料

驅魔少女：月下戰塵 ／ 龍雲 著. — 初版. —
臺北市：春天出版國際, 2019. 06
面； 公分. —（龍雲作品；27）
ISBN 978-957-741-207-2（平裝）
863.57 108007326

ISBN 978-957-741-207-2
Printed in Taiwan

作者 龍雲
封面繪圖 LOIZA
總編輯 莊宜勳
主編 鍾靈
責任編輯 黃郁潔
美術設計 三石設計

出版者 春天出版國際文化有限公司
地址 台北市信義區信義路四段458號3樓
電話 02-7718-0898
傳真 02-7718-2388
E-mail story@bookspring.com.tw
網址 http://www.bookspring.com.tw
部落格 http://blog.pixnet.net/bookspring
郵政帳號 19705538
戶名 春天出版國際文化有限公司
法律顧問 蕭顯忠律師事務所
出版日期 二〇一九年六月初版
定價 210元

總經銷 楨德圖書事業有限公司
地址 新北市新店區寶興路45巷6弄6號5樓
電話 02-8919-3186
傳真 02-8914-5524